LA FORTUNE

BLACKWATER · V.

BLACKWATER

L'ÉPIQUE SAGA DE LA FAMILLE CASKEY

MICHAEL MCDOWELL

LA FORTUNE

BLACKWATER · V ·

Roman

traduit de l'anglais (États-Unis)
par Yoko Lacour avec la participation
de Hélène Charrier

MONSIEUR TOUSSAINT LOUVERTURE

Ce livre a été écrit par
MICHAEL MCDOWELL (1950-1999),
dédié à « Mama El »,
traduit par YOKO LACOUR,
avec la participation de HÉLÈNE CHARRIER,
édité par DOMINIQUE BORDES,
assisté de CLAUDINE AGOSTINI, ROMANE BALEYNAUD,
THIBAUT BERTRAND, LISA FOLLIET, XAVIER GÉLARD,
FRANÇOIS GUILLAUME, DOMINIQUE HÉRODY
et JEAN-FRANÇOIS SAZY.

Titre original : *Blackwater V: The Fortune*.

ISBN : 9782381960494
DÉPÔT LÉGAL : juin 2022.
(2e tirage)
Illustration de couverture :

WWW.MONSIEURTOUSSAINTLOUVERTURE.COM

Résumé

Grâce à une gestion habile de la scierie et à l'augmentation des commandes de bois liée à la Seconde Guerre mondiale, l'entreprise des Caskey prospère plus que jamais. Depuis la mort de Mary-Love, la famille connaît une période de paix sans précédent. Frances et Miriam, les deux filles d'Elinor et Oscar, créent un lien provisoire qui leur apporte à chacune un bonheur insoupçonné. Se sentant enfin reconnue par les siens, Miriam rentre à Perdido après un bref et malheureux séjour à l'université catholique, et commence à travailler dans les bureaux de l'entreprise familiale. Elle devient très vite le commandant en second et se révèle être une femme d'affaires hors pair. Frances, quant à elle, tombe amoureuse d'un soldat, Billy Bronze, et Elinor est prompte à leur donner sa bénédiction. Des événements viennent cependant troubler cette harmonie. James, l'oncle d'Oscar, noue des liens d'amitié forts avec Queenie, mais doit se résoudre à laisser partir à la guerre le fils de celle-ci, Danjo, dont il a assuré l'éducation. Malcolm, l'aîné Strickland, braque une supérette non loin de Perdido avec son acolyte Travis Gann, une véritable crapule. Vite rattrapé par la justice, il échappe de peu à la prison et décide de s'engager dans l'armée. Victime des conséquences de cette affaire, sa sœur Lucille est obligée de cacher un viol et une grossesse. Elle s'installe dans une ferme à la frontière avec la Floride en compagnie de Grace, où elle décide de garder l'enfant. Frances, après la terrible vengeance qu'elle inflige à l'agresseur de sa cousine, est confrontée au sombre et étrange lien de parenté qui l'unit à Elinor.

Généalogies Caskey, Sapp, Snyder et Welles, 1946

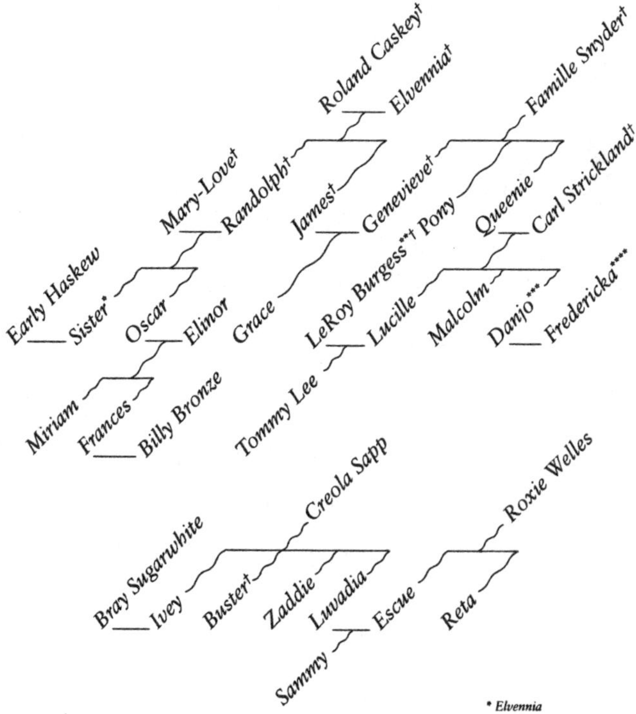

* *Elvennia*
** *Travis Gann*
*** *Daniel Joseph*
**** *von Hoeringmeister*

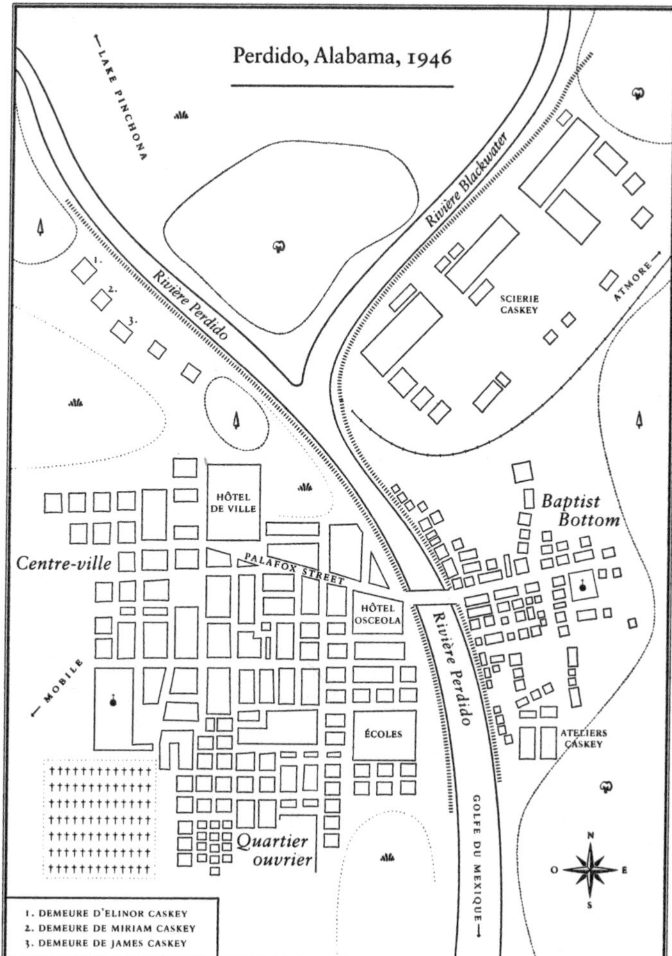

Perdido, Alabama, 1946
LAKE PINCHONA
Rivière Blackwater
Rivière Perdido
SCIERIE CASKEY
ATMORE
1.
2.
3.
HÔTEL DE VILLE
Baptist Bottom
Centre-ville
PALAFOX STREET
HÔTEL OSCEOLA
Rivière Perdido
MOBILE
ÉCOLES
ATELIERS CASKEY
Quartier ouvrier
GOLFE DU MEXIQUE
N
O
E
S
1. DEMEURE D'ELINOR CASKEY
2. DEMEURE DE MIRIAM CASKEY
3. DEMEURE DE JAMES CASKEY

LE BILAN

Tous les Caskey pleurèrent la mort de James avec une grande émotion. Bien qu'âgé et fragile, personne n'avait imaginé qu'il puisse partir un jour. C'était le doyen du clan, même s'il ne l'avait jamais dirigé de quelque manière que ce soit. S'il avait occupé une position plus élevée, peut-être que chacun se serait demandé qui le remplacerait à la tête de la famille. Mais le fait est que sa mort ne provoqua aucun remaniement ni dans les rangs ni dans les rôles, simplement le constat du vide qu'il laissait derrière lui.

C'est Queenie qui éprouva le plus durement la solitude, et tout le monde la traita comme si elle avait été la veuve de James et non sa belle-sœur. Son plus jeune fils, Danjo s'était marié, mais il était coincé en Allemagne avec son épouse allemande, dans l'incapacité de rentrer aux États-Unis à cause de difficultés avec l'immigration – du moins, ce fut ce qu'il écrivit à sa mère. Sa fille Lucille était devenue une parfaite campagnarde et n'avait aucune envie de retourner vivre en ville auprès de sa mère. Quant à son fils aîné, Malcolm, qu'elle n'avait pas revu depuis sa fuite en 1938, elle le croyait mort.

Dans un élan de sympathie, l'imprévisible Lucille lui dit : « Maman, viens donc vivre à Gavin Pond avec Grace, Tommy Lee et moi. »

Essuyant une larme, Queenie avait simplement secoué la tête.

« Queenie, viens t'installer dans l'ancienne chambre de Mary-Love. C'est à côté et j'ai besoin de compagnie avec Miriam qui passe ses journées à la scierie », lui dit Sister.

Queenie déclina silencieusement l'invitation.

« Tu sais que tu es la bienvenue chez nous », déclara Elinor.

Queenie refusa toutes leurs offres.

« Est-ce que vous verriez un inconvénient à ce que je reste ici et que je veille sur les affaires de James ? Il aimait tant cette maison », se risqua-t-elle finalement à demander.

Après une rapide concertation, la famille décida que c'était la solution idéale. La vieille maison de Queenie, à quelques rues de là, quasiment inhabitée depuis deux ans, fut mise en vente.

Grace avait présumé que son père lui léguerait la totalité de ses biens – comme il était d'usage dans la famille –, si bien qu'elle avait réfléchi à la meilleure façon d'en redistribuer une partie aux personnes que James avait chéries. À son soulagement, elle découvrit lors de la lecture du testament que ce ne serait pas nécessaire. À l'exception de petits legs à sa cuisinière Roxie et à l'Église méthodiste de Perdido, James divisa équitablement sa fortune entre Queenie, Danjo et Grace.

Le problème, c'est que personne ne savait à combien cette fortune s'élevait précisément. Cette lacune allait être l'occasion de résoudre un autre problème dans la famille. Depuis que Billy Bronze et Frances s'étaient mariés, Billy avait beaucoup de temps libre, surtout après son départ du Corps aérien. Bénévole auprès du Bureau administratif des vétérans, il enseignait l'ingénierie radio et la comptabilité à d'anciens soldats rentrés à Perdido. Mais la plupart du temps, il se sentait inutile. Billy passait ses journées à la maison en compagnie des femmes tandis que son beau-père Oscar et sa belle-sœur Miriam travaillaient à la scierie, qui elle-même débordait d'activité. Ne connaissant rien à l'industrie du bois, il y avait refusé un poste. Il avait bien compris qu'Oscar le lui offrait par charité. Miriam, avec sa franchise naturelle, lui avait exposé l'affaire différemment : « On ne verra aucun inconvénient à te verser un salaire du moment que tu ne restes pas dans nos pattes. » Billy voulait non seulement travailler, mais il voulait aussi servir à quelque chose.

Frances, elle, était heureuse d'avoir son mari auprès d'elle. Elle aimait qu'il puisse l'emmener en plein après-midi à Pensacola pour voir un film, ou à Mobile pour des achats. Néanmoins, il ne lui échappait pas qu'il était tourmenté. Un matin d'hiver en 1946, alors qu'ils étaient au lit, elle se tourna vers son époux et suggéra :

« Miriam pourrait peut-être te trouver un emploi à la scierie, dans les bureaux. Je sais que tu ne connais rien aux arbres et que tu n'aimes pas particulièrement travailler en extérieur, mais tu es doué pour la comptabilité.

— Non, ne fais pas ça, protesta-t-il. S'il te plaît, n'en parle pas à Miriam.

— Pourquoi ? demanda Frances, perplexe.

— Réfléchis-y une minute. Pense à combien Miriam travaille dur là-bas.

— C'est même elle qui dirige tout ! dit fièrement sa sœur.

— Exactement. Maintenant, pense à ce qui se passerait si d'un coup je commençais à y aller tous les jours.

— Tu l'aiderais à mieux la diriger. »

Billy ne semblait pas d'accord.

« Non. N'oublie pas que je suis un Caskey maintenant. Si j'y allais tous les jours, les gens se mettraient à venir me voir *moi*, parce que je suis plus âgé… et parce que je suis un homme. Bientôt, j'aurais plus de pouvoir que Miriam, non parce que je serais plus compétent, mais parce que je suis un homme. Miriam le sait, et elle ne veut pas de moi là-bas. Et je la comprends très bien.

— Tu penses que c'est ce qui arriverait ?

— J'en suis certain, dit-il d'un ton catégorique. Et il n'est pas question que j'interfère dans les affaires de ta sœur. Elle a travaillé longtemps et dur pour ça. Mais... ajouta-t-il en serrant Frances dans ses bras et posant doucement sa tête contre sa poitrine, ce que je pourrais peut-être faire...

— Quoi ?

— Je pourrais tenir les comptes. C'est ce que je sais faire de mieux.

— Mais tu viens de dire que tu ne voulais pas interférer...

— Je ne parle pas de la scierie, mais de la famille. Je serais une sorte de comptable personnel pour tous les Caskey.

— Tu saurais comment t'y prendre ? Papa se plaint toujours d'y perdre la tête !

— Je pourrais le faire sans aucune hésitation. J'ai hérité ça de mon père. C'est grâce à la comptabilité qu'il a fait fortune. Tu n'imagines pas combien il était doué. Le soir, il descendait dans son bureau et regardait les livres de compte pendant dix minutes. Le lendemain, il sortait et gagnait cinq mille dollars. Je n'ai jamais rien vu de pareil. »

L'idée plut tant à Frances qu'elle tira son mari du lit et le poussa jusqu'à la table du petit déjeuner, où elle insista pour qu'il explique son offre à Elinor et Oscar.

« Laissez-moi jeter un œil à vos comptes. Comme ça, on aura une idée précise de qui a quoi. Ça ne fera pas de mal de connaître le montant exact de la fortune de chacun.

— Bonne idée, approuva Oscar. Mais je serais incapable de te dire par où commencer, tout est tellement en bazar. Les affaires ont été très mauvaises les premières années de la Dépression, et très bonnes pendant la guerre. Et puis les gens se sont mis à tomber comme des mouches à un moment, il a fallu faire face aux testaments, et qui laissait quoi à qui, sans parler des prêts entre les uns et les autres, et encore plein de choses qui m'échappent. Ce qu'on a pris l'habitude de faire maintenant, c'est d'aller voir Miriam quand on a besoin d'argent, et elle nous fait un chèque.

— Ça ne devrait pas se passer comme ça, dit Billy. Ça n'a rien à voir avec Miriam, mais chacun devrait savoir combien il possède. Comme ça, personne ne se sentira lésé, et croyez-moi, vous y gagnerez tous. »

Elinor apprécia particulièrement cette dernière remarque.

« De quoi as-tu besoin ? demanda-t-elle.

— J'ai besoin d'un accès à tout ce que vous avez : documents administratifs, actes notariés, testaments, relevés bancaires, certificats, tous les papiers sur lesquels vous mettrez la main. D'abord, il faudra que je détermine ce qui appartient personnellement aux Caskey et ce qui appartient à la scierie. Pour ce qui touche à la scierie, je donnerai les documents à Miriam qui s'en occupera. Ça l'aidera aussi à y voir plus clair de son côté. Quand je saurai qui possède quoi, je pourrai réfléchir à la meilleure façon de vous rendre encore plus riches. » Il haussa les épaules et eut un rire contrit. « Ne croyez pas que je sois cupide, c'est juste que j'ai ça dans le sang. Quand je vois un bilan comptable, c'est plus fort que moi, la seule chose à laquelle je pense c'est comment accroître le total.

— Quand veux-tu commencer ? demanda Elinor.

— Dès que possible. Mais vous devriez peut-être en parler aux autres d'abord ?

— Pour quoi faire ? répondit Elinor, sûre de sa position au sein de la famille. Ils vont accepter. »

Billy s'attela aussitôt à remettre de l'ordre dans les affaires des Caskey. Elinor lui loua un petit bureau dans le centre-ville qu'elle veilla également à meubler. Billy fit de Frances sa secrétaire, non pour ses compétences, mais parce qu'elle était heureuse de lui tenir compagnie même quand il était silencieux et absorbé dans son travail. Un à un, les Caskey lui apportèrent les documents dont il avait besoin et lui confièrent tout ce dont ils se souvenaient des finances de la famille. Billy prenait des notes et leur posait des questions.

Miriam et lui travaillaient ensemble. Avant de commencer à estimer la fortune globale de la famille, il fallait d'abord séparer les actifs de la scierie de ceux de chacun. Miriam l'aidait volontiers, car ça finirait par bénéficier à son propre travail. Lorsque son mari et sa sœur s'enfermaient dans le bureau, Frances patientait dans le vestibule, où elle lisait des revues et contemplait par la fenêtre la digue couverte de kudzu.

En avril, Billy avait fini d'ordonner la situation financière de la famille, si bien qu'un dimanche après le déjeuner, les Caskey se réunirent dans la véranda d'Elinor. Même Grace, Lucille et Tommy Lee avaient fait le déplacement depuis Gavin Pond pour la journée.

« Billy a gentiment accepté de tenir nos comptes à partir de maintenant. Je veux que tout le monde l'écoute et fasse exactement ce qu'il préconise », annonça Elinor en guise de préambule.

À ces mots, le jeune homme se leva et hocha la tête avec un air d'autodérision.

« Bon, déjà, je ne veux pas que vous pensiez que j'essaie de me mêler de vos affaires et d'en prendre le contrôle, commença-t-il, parce que ce n'est pas le cas. Je suis juste le gendre comptable, et j'ai essayé de mettre un peu d'ordre dans les affaires de la famille…

— Ce sera bien une première, coupa Sister.

— J'ai examiné les papiers que vous m'avez

apportés et j'ai essayé de tout trier. Si je le fais, c'est pour qu'aucun d'entre vous n'ait plus à y penser. Vous avez tous été très patients, et je vous remercie de ne pas vous être fâchés en pensant que je me mêlais de ce qui ne me regarde pas… Même Grace m'a apporté les livres de comptes de sa ferme, et je crois que je serai capable de l'aider à développer son cheptel. Bref, si vous avez la moindre question, à partir de maintenant vous pouvez me la poser.

— C'est tellement de travail ! s'exclama Sister.

— Vous pensez que c'est beaucoup, mais en réalité, ça ne l'est pas. Le problème, Sister, c'est que vous ignorez combien d'argent vous avez. Mettons que vous vouliez aller à la Nouvelle-Orléans, alors vous allez voir Miriam, qui vous donnera deux cent cinquante dollars en liquide. Voilà ce que c'est pour vous de tenir les comptes. Je suis ici aujourd'hui pour vous dire que vous avez tous beaucoup trop d'argent pour le gérer de cette manière. »

Quelque chose dans le ton et le comportement de Billy rappela aux Caskey le sermon du pasteur méthodiste qui avait eu lieu le matin même. Billy pointait les erreurs financières qu'ils avaient commises et les exhortait à suivre la voie de la responsabilité fiscale.

« Combien a-t-on *exactement* ? demanda Oscar.

— Eh bien, la plus grosse partie de la fortune familiale est liée à la scierie et au bois, évidemment. C'est pourquoi Miriam et moi avons tenté de déterminer précisément combien tout ça valait, dit Billy en se tournant vers Miriam, qui se leva à son tour, des papiers à la main.

— Je ne vais pas entrer dans les détails, ce serait inutile, commença-t-elle avec son franc-parler habituel. De toute façon, la plupart d'entre vous n'y comprendraient rien. Deux choses. D'abord, James détenait la moitié de la compagnie. Sister et Oscar en ont un quart chacun. Concrètement, ça signifie que la véritable fortune se divise entre Sister, Oscar et la succession de James. Je ne suis pas en train de me plaindre, je ne fais qu'établir un constat. Ensuite, la scierie et les terres des Caskey mises ensemble valent approximativement vingt-trois millions de dollars, dit Miriam en se rasseyant.

— Dieu tout-puissant ! », s'exclama Queenie.

Personne d'autre ne parla, incapable de se représenter une somme aussi faramineuse. Aucun d'eux n'avait jamais songé à mettre un chiffre en dollars sur leur entreprise.

« On voulait juste vous donner une idée de sa taille, reprit Miriam. Vous comprenez ? »

Tout le monde était surpris.

« Oscar, ajouta-t-elle en se tournant vers son père avec un sourire rare chez elle, même toi tu ne t'attendais pas à ce qu'elle vaille autant, pas vrai ?

— Et comment !

— Vos fortunes individuelles sont beaucoup plus modestes, intervint Billy. Pendant des années, vos profits personnels ont été réinvestis, et pas toujours de la plus raisonnable des manières. »

Oscar rougit.

« Qu'on me permette de dire…

— Personne ne t'accuse de rien, Oscar, dit Sister. C'est toi qui as fait de la scierie ce qu'elle est, et si vingt-trois millions de dollars ne suffisent pas à nous éviter de nous retrouver à la rue, alors on ferait aussi bien de passer l'arme à gauche dès maintenant.

— Ce n'est pas tant que vos affaires n'aient pas été gérées de manière équitable, dit Billy, c'est juste que tout était trop confus. Certains emprunts n'ont jamais été remboursés. De l'argent qui aurait dû revenir à Sister a été utilisé pour acheter du nouveau matériel, et ainsi de suite. Personne n'accuse personne de quoi que ce soit. Et comme vous le savez, la scierie aurait fait faillite si Oscar n'avait pas agi comme il l'a fait. Pour ma part, je me suis contenté de faire un peu de tri afin que vous sachiez où vous en êtes. C'est tout. La fortune personnelle d'Oscar, à l'exception de la scierie bien entendu, s'élève approximativement à un million cent mille dollars. »

Oscar siffla et Elinor afficha un large sourire de satisfaction.

« La fortune de Sister s'élève, elle, à environ un million trois cent mille dollars.

— C'est pas vrai ! s'exclama cette dernière, les

yeux écarquillés. Demain, je cours m'acheter une nouvelle voiture !

— James possédait deux millions sept cent mille dollars, sans compter sa moitié des parts de la scierie. Comme vous le savez, cette fortune sera divisée en trois après authentification du testament.

— Seigneur ! s'écria Queenie, installée sur la balancelle, son petit-fils sur les genoux. James m'a rendue riche comme Crésus !

— Maintenant, il n'y a aucune raison pour que vous ne vous enrichissiez pas davantage, poursuivit Billy. Vous avez déjà de l'argent, et quand on en a, il n'y a rien de plus facile que d'en avoir encore plus.

— Pour quoi faire ? demanda Grace. Qui a besoin de posséder des millions et des millions de dollars ? Pourquoi aurait-on besoin de plus d'argent qu'on en a déjà ?

— Pour que tu puisses t'acheter quatre cents de tes fichues génisses, voilà pourquoi, lâcha Miriam d'un ton acerbe en se tournant vers sa cousine.

— Je n'en veux pas quatre cents, répliqua Grace, imperturbable. Mon champ n'est pas assez grand. Par contre quatre-vingts... À moins que je défriche plus de terrain...

— Je n'ai rien contre l'idée de gagner plus d'argent, dit Oscar. C'est même ce qu'on devrait faire. Sauf que je ne saurais pas comment m'y prendre. Toi, oui ? ajouta-t-il en regardant Billy.

— Je crois », répondit ce dernier.

Miriam hocha la tête.

« Billy sait ce qu'il fait. Si la décision me revenait, je vous demanderais à tous de lui donner votre procuration et de le laisser agir comme il l'entend.

— Non, non, pas la peine d'en arriver là, dit nerveusement Billy. Ce que je peux faire, c'est vous donner des conseils, libre à vous ensuite de les suivre. C'est tout. Voici ce que je propose. Miriam et moi allons travailler ensemble. Elle continuera à diriger la scierie – comme elle le fait déjà très bien. Et moi, je vais prendre en charge vos finances personnelles. Quand vous aurez besoin d'argent, c'est moi que vous viendrez voir et plus elle.

— Je serais ravie de ne plus avoir à signer ces foutus chèques à longueur de journée », conclut Miriam.

Les Caskey acceptèrent à l'unanimité la proposition de Billy, et après ce dimanche après-midi, l'image qu'ils avaient d'eux-mêmes changea radicalement. Jamais ils n'auraient cru posséder autant d'argent. Elinor en tira une grande fierté, comme si ses conseils et son soutien à Oscar durant les années difficiles avaient été à l'origine de leur fortune. Sister ne touchait plus terre – comment son mari pourrait-il désormais l'atteindre, alors qu'autant d'argent aurait suffi à écarter des personnes autrement plus dangereuses et insistantes qu'Early Haskew ? Grace et Lucille étaient perdues dans des songes de prairies, de bétail et de terres fraîchement déboisées. Aux yeux de la famille, les possibilités semblaient infinies, mais également un peu nébuleuses. Dans les jours qui suivirent, chacun chercha fiévreusement mille et une façons de dépenser son argent. Sister s'acheta une nouvelle auto, en plus d'une pour Miriam et d'une autre pour Billy. À bord de son véhicule neuf, elle conduisit Roxie, Ivey, Zaddie et Luvadia dans l'une des boutiques de vêtements les plus chics de Pensacola : « Je vous préviens, on ne quitte pas le magasin tant que je n'ai pas dépensé cinq cents dollars, et ce ne sont pas des paroles en l'air ! »

Toutefois, dans l'ensemble, les Caskey ne dépensèrent pas plus qu'ils ne le faisaient auparavant. Ils devinrent seulement plus conscients de leur richesse. Billy était extrêmement occupé et passait ses journées dans son bureau du centre-ville. Il prit en charge la gestion du foyer de Queenie afin qu'elle n'ait pas de problèmes de liquidités pendant que le testament de James attendait d'être homologué. Il discuta avec Grace de la possibilité d'agrandir la ferme de Gavin Pond. Sister lui rendait visite deux fois par semaine seulement pour s'assurer que son capital croissait régulièrement. Oscar et Miriam aussi venaient souvent le voir ; Billy passait alors des heures enfermé dans son bureau à parler finances avec eux, en particulier avec sa belle-sœur.

Frances était immensément fière de ce que son mari avait accompli et continuait à accomplir, pour la famille. Les Caskey pressèrent Billy d'accepter un salaire pour son travail, ce qu'il fit sans la moindre objection.

Ce gendre venait de propulser les Caskey dans une toute nouvelle étape de leur histoire.

LA LETTRE

Au cours des mois qui précédèrent la fin de la guerre, les Caskey sentirent qu'il fallait opter pour un revirement de stratégie. Miriam et son père se mirent alors à envisager un retour rapide à leurs activités d'avant-guerre. Bientôt, l'armée ne ferait plus bâtir de camps militaires ni de casernes. Durant les derniers mois de l'année 1945, la scierie Caskey avait certes continué à honorer d'anciennes commandes de l'armée, mais peu de nouveaux contrats arrivaient. D'après ce que Miriam avait observé à Perdido, les choses allaient changer. Les vétérans qui rentraient du front auraient besoin de nouvelles habitations. Il faudrait également reconstruire les manufactures, ou les reconvertir de manière à créer de nouvelles industries qui fourniraient des emplois aux anciens soldats. Le pays allait devoir s'adapter à la prospérité, de la même façon qu'il avait dû s'adapter à la pauvreté. Au début de l'année 1946, tous les départements de la scierie

Caskey fonctionnaient à plein rendement, en dépit de l'absence de commandes de charpente, de poteaux, de châssis et de caisses. Sur le terrain qui avait autrefois abrité la scierie Turk, Oscar fit construire de nouveaux entrepôts. Lorsque des civils leur passeraient commande, ce dont Miriam était convaincue, ils seraient prêts.

Dès que Billy Bronze eut proposé de gérer les finances de la famille, il plaça une partie de leur fortune dans des actions dont Miriam et lui pensaient qu'elles prendraient bientôt de la valeur. Il acquit des appartements à Mobile pour Sister, une propriété donnant sur le front de mer sur l'île de Santa Rosa pour Oscar, et investit l'argent de Queenie et Grace dans le développement de la ferme. Danjo avait appris par sa mère le décès de James, et par Billy le montant de son héritage. Le jeune homme demanda à ce dernier d'investir sa part en Amérique et de ne lui envoyer que les intérêts. Il lui écrivit : « La seule raison pour laquelle je comptais rentrer à Perdido, c'est parce que je savais à quel point James se sentait seul. Maintenant qu'il est mort, je pense que je vais plutôt rester ici. Fred ne veut pas quitter l'Allemagne, et moi, ça ne me dérange pas d'y habiter. Viens nous rendre visite dans notre château. » À Queenie, Billy maintint l'explication de Danjo selon laquelle il ne pouvait pas rentrer à cause d'un problème avec les services de l'immigration.

Entre eux, les Caskey se demandaient comment ils avaient pu s'en sortir toutes ces années sans l'aide de Billy.

Fin 1946, alors qu'ils étaient mariés depuis un peu plus d'un an, Frances découvrit qu'elle était enceinte. Plutôt, ce fut Elinor qui le lui apprit après l'avoir longuement interrogée sur son retard de cycle menstruel. Leo Benquith confirma le diagnostic. Désormais vieux, le médecin n'exerçait qu'à l'occasion. Il continuait à soigner les Caskey et quelques autres familles, mais la grande majorité de ses patients s'était tournée vers deux jeunes médecins récemment installés en ville.

« Billy va être fou de joie », déclara Elinor alors qu'elle raccompagnait sa fille du cabinet du docteur Benquith.

Frances garda le silence.

« Ma chérie, tu n'es pas heureuse ?

— Je ne sais pas, maman. Je devrais l'être ?

— Évidemment, répondit Elinor avec un sourire éteint. Toutes les jeunes mariées veulent avoir des enfants.

— Pas s'ils sont déformés », rétorqua doucement Frances.

Elinor lui jeta un regard, mais ne dit rien avant de s'être garée devant la maison. Alors que sa fille s'apprêtait à sortir de l'auto, Elinor la saisit par le bras et lança d'un ton rageur :

« *Déformés* ? C'est vraiment ce que tu penses ?

C'est comme ça que tu te vois ? C'est comme ça que tu me vois, moi ?

— Maman…

— Est-ce que Zaddie est déformée parce qu'elle est noire ?

— Bien sûr que non…

— Est-ce que Grace et Lucille sont déformées parce que les hommes ne les intéressent pas et qu'elles ont décidé de vivre ensemble à Gavin Pond ?

— Non, maman, ce n'est pas…

— Ma chérie, c'est comme ça qu'elles sont nées ! Zaddie est née avec la peau noire et Grace est née attirée par les filles. Juste parce qu'elles sont différentes, tu penses que Creola Sapp aurait dû se dire qu'elle n'allait pas mettre cette enfant au monde, c'est ça ? Que James et Genevieve auraient dû penser qu'ils ne voulaient pas de cette petite fille qui ne grandirait pas comme les autres dans cette ville ? »

D'abord, Frances ne répondit pas, sachant que si elle parlait sa mère lui couperait la parole. Mais Elinor se tut, les yeux fixés sur la route, les mains crispées sur le volant.

« Maman, reprit doucement Frances, je ne pensais pas à moi, je pensais au bébé. Je me demandais s'il serait heureux. C'est tout. Je vais l'aimer, j'en suis certaine.

— Tu as employé le mot *déformé*.

— Ce n'est pas ce que je voulais dire, j'imagine. Je pensais... différent. Sera-t-il... comme toi et moi ? »

Elinor lança à nouveau un regard à sa fille, mais cette fois le regard était plus doux.

« Tu es si malheureuse ?

— Non ! s'écria Frances dans un sursaut. Pas du tout, maman ! Comment pourrais-je être malheureuse alors que je suis mariée avec Billy et que je vis avec papa et toi ? Tout est parfait dans ma vie. On n'a même perdu personne pendant la guerre ! Tout le monde n'a pas eu cette chance...

— Très bien. Mettons que le bébé naisse exactement comme toi et moi. Il serait différent, c'est tout. Mais Zaddie aussi est différente. Grace est différente. Pourtant toutes les deux sont heureuses. Toi, tu es heureuse. Pourquoi penses-tu que ton enfant ne pourrait pas l'être aussi ? »

Frances réfléchit un moment.

« Je suppose que tu as raison, conclut-elle. En fait, je crois que la vraie question que je me pose c'est de savoir si le bébé sera comme nous ?

— Il n'y a aucun moyen de le savoir avant la naissance, répondit lentement sa mère avant d'ouvrir la portière.

— Attends, dit Frances en mettant sa main sur l'épaule de sa mère. Maman, chuchota-t-elle. J'étais juste inquiète... je pensais au bébé. Je ne voulais pas dire que...

— Je sais, ma chérie. »

Lorsqu'elles entrèrent dans la maison, Billy leur demanda : « Pourquoi êtes-vous restées aussi longtemps dans la voiture ? Vous avez dû vous geler ! »

Frances sourit.

« On discutait de la bonne nouvelle.

— Quelle bonne nouvelle ?

— Je suis enceinte. »

L'étonnement et le bonheur apparurent sur son visage qui fut traversé d'un immense sourire, suivi d'incompréhensibles cris de protestation indiquant qu'il n'en croyait pas un mot. Frances lui assura que c'était vrai.

« Tu es sûr de pouvoir supporter un bébé qui ne fera rien d'autre que crier tout le temps ? demanda-t-elle.

— Notre bébé peut crier autant qu'il veut, ça m'est complètement égal. C'est pour quand ?

— Juillet, déclara Elinor.

— Vous allez prendre soin de Frances ? », demanda Billy à sa belle-mère.

Celle-ci acquiesça. Billy trouvait toujours les mots justes.

« Zaddie et moi. On va s'assurer que le bébé soit en parfaite santé.

— Maman, intervint Frances d'un ton gêné, tout va bien se passer. Le docteur Benquith peut...

— Zaddie et moi allons nous occuper de toi, dit Elinor d'une voix ferme sans regarder sa fille.

Pas Leo. Je me suis occupée de toi pendant ta crise d'arthrite…

— C'est vrai, tu m'as soignée, admit celle-ci.

— … ce sera donc moi qui veillerai sur ta grossesse.

— Vous pensez qu'il pourrait y avoir des complications ? demanda Billy.

— Je pense qu'à partir de demain, je vais baigner Frances comme je le faisais pendant sa maladie.

— Dans l'eau de la Perdido ? », souffla Frances à voix basse.

Ainsi, comme lorsqu'elle était enfant, Frances prit tous les jours un bain d'une heure tandis que sa mère, agenouillée à ses côtés, lui frictionnait le corps avec l'eau de la rivière. Si Frances n'attendait pas ces ablutions avec impatience, après quelques jours, elle ne les redoutait plus. En réalité, elle semblait ne jamais y penser ni même s'en souvenir, jusqu'à ce qu'Elinor lui dise doucement : « C'est l'heure de monter, Frances. » Cette phrase, toujours la même, agissait comme un déclencheur dans le cerveau de la jeune femme : dès lors qu'elle l'entendait, elle oubliait le reste. Elle lâchait aussitôt ce qu'elle était en train de faire et montait l'escalier. Ses vêtements paraissaient tomber tout seuls ; puis elle entrait dans la baignoire. Tandis que la boue rouge pénétrait sa peau et que l'odeur de la Perdido emplissait ses narines, Frances ne se rappelait pas avoir déjà ressenti un tel plaisir. Après une dernière tentative pour renvoyer sa mère, elle se laissait entièrement aller. Au dernier moment, avant qu'elle ne se perde dans l'oubli, une pensée la traversait : « La transformation a-t-elle déjà eu lieu ? », ou « À quel stade en est la transformation ? » Elle se promettait alors de poser la question à sa mère. Mais plus tard – au moins une heure après selon l'horloge, quoiqu'elle n'arrive jamais à croire que le temps ait pu passer si vite –, elle ne se rappelait jamais ces questions. Elle ne se souvenait que de deux choses, en réalité : sa mère qui verrouille la porte de la salle de bains afin qu'elles ne soient pas dérangées, puis elle-même debout, prête à sortir du bain, avec la sensation de l'eau rougie et boueuse qui goutte le long de son corps et retourne dans la baignoire. Mais l'heure écoulée entre le bruit de la clé dans la serrure et celui des gouttes se perdait irrémédiablement dans des limbes dont Frances ne gardait pas plus le souvenir que des trois années où elle avait été alitée et malade.

Billy se plaignait parfois de l'odeur de rivière dans les cheveux de sa femme et sur sa peau. Alors qu'elle acquiesçait d'habitude à tout ce qu'il disait, elle se contentait de répondre : « Tu finiras par t'y faire. »

Pour le reste de la famille, la grossesse de Frances fut une nouvelle preuve de la ténacité de Billy : lorsqu'il avait quelque chose en tête, il fonçait sans se poser de questions. Une fois qu'il eut décidé d'intégrer la famille Caskey, il avait choisi une des filles en âge de se marier, lui avait fait la cour, avait gagné son cœur, l'avait épousée et lui avait fait un enfant dans le but de produire d'autres petits Caskey. Le clan lui vouait une admiration sans bornes et considérait son jugement et ses opinions comme précieux.

Grace, par exemple, cherchait sans cesse son approbation et ses conseils quant à la manière de gérer sa ferme. Avec l'argent hérité de son père, elle voulait acquérir d'autres terres. Presque toute la famille était contre, arguant qu'elle en possédait déjà plus que ce dont elle avait besoin sur la rive de la Perdido côté Floride, d'autant que ce qu'elle projetait d'acheter au sud de sa propriété n'était qu'un terrain marécageux, aussi peu exploitable pour l'agriculture que comme forêt. Or, Grace trouva en Billy et Elinor deux alliés inespérés.

« Si tu as de l'argent dont tu ne sais pas quoi faire, dit Billy, achète des terres. Tu ne seras jamais perdante.

— J'ai un bon pressentiment concernant ces marécages, renchérit Elinor.

— Tu ne les as jamais vus ! protesta Oscar.

— Comment le sais-tu ? », répondit-elle, un sourcil levé.

Oscar n'ajouta rien.

Faisant preuve d'un appétit irrationnel digne de feu sa tante Mary-Love, Grace fit l'acquisition de plus de six mille hectares à première vue dénués de valeur, au sud de la ferme. Ce terrain stérile composé de marais, de nappes d'eau stagnantes, de bosquets de cyprès, que les Amérindiens, les Espagnols, les Français, les Anglais et les Américains s'étaient successivement disputé au fil des siècles, n'avait jamais été habité, défriché, ni même entièrement exploré. Ajoutées à Gavin Pond, ces terres faisaient le lien avec les vingt mille hectares de forêt que possédait Oscar dans la partie occidentale de la Floride. À l'exception du gouvernement fédéral, les Caskey étaient devenus l'un des plus importants propriétaires fonciers de la Panhandle de Floride.

En visite chez sa fille et son petit-fils à la ferme, Queenie avait secoué la tête :

« Je ne comprends pas pourquoi tu as acheté ces terres… Si on peut les appeler comme ça.

— Grace ne voulait pas qu'on puisse être à l'étroit, protesta Lucille.

— À l'étroit ?! s'exclama Queenie en faisant violemment rebondir Tommy Lee sur ses genoux. Il n'y a pas âme qui vive dans un rayon de dix kilomètres ! Vous pourriez hurler pendant des années, personne ne viendrait ! Et puis quelle personne avec un minimum de bon sens irait s'embarrasser de ces vieux marécages ? Même les braconniers ne s'y aventureront pas !

— Queenie, dit calmement Grace, Tommy Lee vient à peine de faire toutes ses dents. Tu essaies déjà de les lui faire tomber ? »

Peu de temps après, Sister reçut une lettre d'Early. Elle n'avait pas revu son mari depuis la Noël 1943.

Chère Sister,

Je suis à Kitzen, en Allemagne, où je travaille à la construction d'un pont pour les Alliés. Comme j'avais entendu dire que le fils de Queenie vivait dans les parages, je suis allé lui rendre visite. Sa femme me paraît gentille. Ils habitent dans un château qui appartenait à son père et qui est trop grand pour eux. Il peut faire très froid dans un château, et le froid en Europe n'est pas le même qu'à Perdido. Je devrais en avoir terminé ici en mars, alors je pourrai rentrer. Attends-toi à me voir courant avril. Demande à Ivey si sa mère accepte de nous donner des chiots. Vivre sans chien me manque. Comment va Grip ?

Affectueusement,
Ton mari, Early

« Grip est mort ! hurla Sister à Ivey tandis qu'elle titubait de la salle à manger à la cuisine. Il courait après une voiture et s'est fait renverser. Mon Dieu, qu'est-ce que je vais devenir ? »

Son désespoir ne concernait pas son chien mort, mais elle-même. Elle avait cessé de faire croire qu'Early lui manquait ou qu'elle souhaitait recoller les morceaux de leur mariage.

« Seigneur, oh Seigneur ! se lamentait-elle tandis qu'elle franchissait la porte de chez Elinor en courant, la lettre chiffonnée à la main. Alors que tant de gens sont morts à la guerre, pourquoi faut-il qu'Early revienne sain et sauf ?

— Il n'a pas combattu », lui rappela Elinor en l'accueillant dans le vestibule, une serviette de table encore à la main.

Elle conduisit Sister dans la salle à manger, où celle-ci se laissa tomber dans la chaise vide en tête de table et repoussa l'assiette d'Elinor comme si ça avait été la sienne et qu'elle avait brusquement perdu l'appétit. Elinor alla dans la cuisine et revint avec un verre de thé glacé. Sister était avachie sur le siège, le menton contre la poitrine.

« Je ne veux rien du tout ! », lança-t-elle.

Personne ne lâcha le moindre mot.

Sister releva soudain la tête, un espoir fiévreux faisant briller ses yeux.

« Billy ! s'écria-t-elle. Billy Bronze ! Dis-moi ce

qu'il faut que je fasse ! Dis-moi comment garder Early à l'écart ! »

Mais cette fois, Billy n'avait pas de conseils à lui prodiguer. Aucune solution ne lui venait, rien qui pût l'aider.

Les semaines passèrent. Avril arriva, et chaque jour écoulé rapprochait Sister du retour tant redouté de son mari.

LA FIOLE BLEUE D'IVEY

Au cours de la première semaine d'avril 1947, se réveillant dès l'aube après une nouvelle nuit sans repos, Sister eut une idée. C'était Ivey Sapp qui, par une incantation et un rituel magique, était responsable de son mariage avec Early. Elle saurait donc peut-être comment le faire disparaître de sa vie. Sister descendit à tâtons l'escalier, au moment où Ivey et Bray arrivaient de Baptist Bottom par la porte de service.

« Va-t'en Bray, ordonna Sister. Il faut que je parle à Ivey en privé.

— Oui, m'dame », fit-il en tournant les talons et prenant la porte dans l'autre sens.

Ivey, aucunement troublée par le ton urgent dans la voix de Sister, ôta son chapeau dans la faible lueur matinale, le posa sur la huche à pain et enfila son tablier.

« Qu'est-ce que vous vouliez me dire, m'dame Caskey ?

— Protège-moi, chuchota celle-ci. S'il te plaît.

— De quoi ? »

Sister et Miriam avaient acheté à Ivey une cuisinière électrique, mais la domestique prétendait que les brioches cuisaient mal dans ces appareils-là, si bien qu'elle continuait à allumer le poêle à bois chaque matin ; tâche à laquelle elle s'employait à cet instant. Sister se rappela le cœur de poulet embroché dont elle avait jadis nourri ce même feu.

« De Early.

— Early est votre époux, m'dame Caskey.

— Eh bien, je ne veux plus qu'il le soit. »

Ivey secoua la tête dans un mélange de tristesse, de désapprobation et de résignation, comme pour dire : « Et voilà autre chose. »

« Aide-moi, murmura Sister d'un ton implorant.

— Je crois qu'une femme blanche devrait savoir une fois pour toutes ce qu'elle veut.

— Je voulais Early il y a vingt-cinq ans ! cria Sister. Maman était encore vivante. Tout était différent. Maintenant, je ne veux plus de lui. Je ne veux pas partir. Je veux rester ici avec Miriam et toi, c'est tout ce que je veux. »

Ivey secoua à nouveau la tête avant d'embraser une feuille de journal froissée qu'elle avait placée sous des brindilles dans le foyer.

« Ça va pas être facile de se débarrasser de m'sieur Early, dit la domestique, sceptique. Pas après ce qu'on a fait.

— Mais je suis sûre que tu peux y arriver, répondit Sister, pleine d'espoir. Je le sais.

— Je pourrais le faire...

— Tu veux bien essayer ?

— Même si ça fait mal ?

— Ça m'est égal ! »

Ivey ne dit plus rien. Sister commença à s'impatienter.

« Alors ? Tu vas m'aider ?

— Oui, m'dame.

— Ça ne peut pas attendre, gémit Sister. Il est peut-être déjà en route pour Perdido. Il pourrait arriver avant même que j'aie le temps de m'asseoir à table.

— M'dame Caskey, vous me dérangez. Si vous sortez pas d'ici, j'aurai jamais fini de préparer le petit déjeuner à temps. »

Sister savait au ton de cette réponse qu'il valait mieux obtempérer et retourna se mettre au lit, même si ce n'était pas pour y dormir. À présent qu'Ivey avait accepté de l'aider, elle s'inquiétait que celle-ci puisse prendre trop de temps, ce qui la condamnerait à son sort.

Une heure plus tard, Miriam et elle descendirent prendre leur petit déjeuner. Lorsqu'elles eurent fini, Ivey glissa une fiole bleue fermée par un bouchon de liège dans la poche de la robe de Sister.

« Quand vous le verrez arriver, dit-elle à voix basse, quand vous l'entendrez, buvez ça. »

Sister serra la fiole dans son poing. Les poisons étaient stockés dans ce genre de flacons.

« Quel effet ça aura ?

— Buvez jusqu'à la dernière goutte », se contenta de dire Ivey avant de se retirer.

Miriam avait gagné une telle confiance en elle et en sa position au sein de la scierie Caskey qu'elle s'autorisait même à discuter avec sa mère. Après tout, elle était en réunion avec son père jusqu'à cinq ou six fois par jour, aussi paraissait-il peu convenable d'ignorer complètement Elinor. En outre, près d'un quart de siècle s'était écoulé depuis que cette dernière avait commis l'impardonnable : l'abandonner à Mary-Love en échange de sa propre liberté. Tout le monde en ville acceptait le fait que Miriam et Elinor ne seraient jamais intimes, si bien que leur rapprochement était perçu comme ce qui pourrait lier un chien et un chat : un objet de curiosité, de sentimentalité et de fascination. Personne ne savait à quel moment le chat sortirait ses griffes pour éborgner le chien, ou quand le chien saisirait sauvagement le chat entre ses mâchoires.

Miriam et Elinor partageaient toutefois un intérêt commun qui les amenait parfois à avoir quelques conversations en privé. Cet intérêt était l'argent : le désir d'enrichir encore davantage la famille. Miriam n'aurait jamais permis à sa mère de lui parler de sa façon de se vêtir, des hommes, ni même de son comportement vis-à-vis de Sister ou de Queenie. Cependant, la jeune femme ne pouvait s'empêcher de tendre l'oreille lorsque Elinor abordait le sujet des finances des Caskey. À la surprise générale, il arrivait qu'elles soient vues ensemble dans le jardin, sur la balancelle qu'Elinor avait fait installer entre deux arbres. Miriam était assise les jambes repliées sous elle tandis qu'Elinor imprimait d'un seul pied un léger mouvement de balancier à la nacelle. Elles étaient absorbées dans une intense discussion, dont aucune ne révélerait jamais la teneur.

Lorsque Oscar les appelait pour déjeuner, mère et fille entraient toujours séparément dans la maison, comme pour réfuter ce dont chacun avait été témoin. Et si Oscar se risquait à chuchoter à sa fille : « Je suis tellement heureux qu'Elinor et toi commenciez à vous entendre », celle-ci rétorquait : « Parler cause moins d'embêtements que se taire, Oscar. C'est tout. »

Un samedi après-midi de début avril, Miriam et Elinor bavardaient doucement sur la balancelle quand Elinor lâcha abruptement :

« Miriam, j'aimerais te demander...

— Quoi ? », répondit soudain sa fille d'un ton agressif, comme si elle s'attendait à ce que sa mère aborde un sujet inapproprié.

Elinor marqua une pause, avant de poser une

question que Miriam n'avait pas du tout anticipée.

« Est-ce que tu connais bien la ferme de Grace et Lucille ? »

Miriam la dévisagea avec suspicion. Elle n'était pas encore habituée à être seule avec Elinor, et redoutait que celle-ci ne profite de cette trêve pour lui porter un coup bas. Aussi se tenait-elle sur ses gardes, tentant de deviner quelle ruse dissimulait cette question apparemment anodine. Elle se décida à l'interpréter littéralement et à répondre avec sincérité.

« Je sais comment on y va, répondit-elle avec précaution. Et j'ai vu des plans de l'endroit. Je connais la maison. J'ai déjà visité le verger, et une fois Grace m'a emmenée dans la porcherie et m'a montré une truie qu'elle avait achetée huit cents dollars. Une autre fois, je suis allée voir Luvadia dans la petite maison qu'Escue a construite de l'autre côté de l'étang, près du cimetière.

— Et le marécage au sud de la propriété ?

— Eh bien, dit Miriam en poussant un soupir de désapprobation, je sais que tu l'as encouragée à acquérir ce terrain, ce qu'elle a fait. Je l'ai aussi aperçu sur une carte. Il est gigantesque, près de quatre fois la taille de la ferme elle-même. Je sais combien elle l'a acheté et je sais que c'est le plus gros gaspillage d'argent depuis…

— Non, ce n'est pas du gaspillage, dit doucement Elinor.

— Ces terres ne sont pas cultivables ! Même le bois ne peut pas être exploité parce qu'il n'y a pas de routes. De toute façon, on ne trouve que des marais et des sables mouvants là-bas. Elle ne pourra même pas vendre de permis de chasse – tu sais qu'il y a encore des cougars dans ces marais ? Des cougars et des alligators. Alors comment peux-tu dire qu'elle n'a pas jeté son argent par la fenêtre ?

— Miriam, dit sa mère, ça doit rester entre toi et moi, d'accord ? »

Celle-ci garda le silence. L'idée de partager une confidence avec sa mère ne l'attirait pas vraiment.

« Miriam ? la pressa Elinor après un instant.

— Je n'aime pas faire ce genre de promesse.

— Je ne te demande pas de promettre quoi que ce soit. Je veux juste que tu gardes pour toi ce que je vais dire, jusqu'à ce que le moment soit... opportun.

— De quoi s'agit-il, alors ?

— Je sais que ces terres ont l'air de ne rien valoir. Du moins, sur une carte. Elles n'ont aucune valeur quand on les observe depuis la rivière ou si on est assez stupide pour s'y aventurer. Je le sais. C'est la raison pour laquelle Grace a pu les acheter à aussi bon prix.

— Aucune parcelle de terre n'est à bon prix quand on en achète autant, remarqua Miriam. Grace a dépensé presque tout ce que lui a légué James. Elle n'a plus de solution de repli.

— Grace n'a pas acheté ces terres seule. »

Miriam eut un léger sursaut. Elle ignorait ce détail.

« Oscar et moi avons mis la plus grosse part pour ce terrain, déclara Elinor d'un ton égal.

— *Mais pourquoi* ?! demanda Miriam, stupéfaite.

— *Parce que*, répondit Elinor sur le même ton, sous ces marais, il n'y a rien d'autre que du pétrole. Du pétrole, du pétrole, et encore du pétrole. »

Le lendemain, Elinor et Miriam se rendirent à Gavin Pond. Lorsqu'elles frappèrent à la porte, personne ne leur répondit. Miriam fit le tour de la maison et cria : « Je les vois ! Elles sont dans le champ. »

Le soleil brillait fort dans un ciel azur dépourvu de nuages. Les pacaniers étaient parés de leurs luxuriantes feuilles printanières, que la poussière d'été et les chenilles n'avaient pas encore ternies et abîmées. Sous les arbres, le champ était tapissé de trèfles en fleurs. Lucille était assise parmi les ravissantes fleurs rouges, tandis que Tommy Lee, trois ans, et Sammy Sapp, cinq ans, gambadaient à proximité. Quelques mètres plus loin, Grace les prenait en photo. La scène semblait peinte avec les couleurs d'une boîte de crayons pour enfants : le ciel bleu au-dessus, les pacaniers verts au centre, les trèfles rouges en dessous. Sous le vent, on aurait cru la terre couverte d'un tapis de flammes.

Apercevant Elinor et Miriam, Lucille leur fit un signe de la main.

Elles s'avancèrent. Miriam se laissa même prendre en photo avec le bras de sa mère autour de la taille. Puis Grace en prit une autre, Sammy dans les bras de Miriam et Tommy Lee dans ceux d'Elinor. À son tour, Elinor photographia Lucille, Grace et Miriam assises toutes les trois parmi les trèfles.

Lorsqu'elles revinrent à la maison, Miriam se tourna vers Grace et demanda :

« Est-ce que tu as encore les cartes des terres que tu as achetées ?

— Bien sûr.

— Elinor et moi, on pourrait y jeter un œil ? »

Perplexe, Grace accepta. Elle étala les cartes sur la table de la salle à manger, et alors qu'elle et Lucille préparaient du thé glacé dans la cuisine, elles entendirent Elinor et Miriam discuter à voix basse. Lucille alla furtivement regarder par la porte, puis elle retourna vers Grace et chuchota : « Elles indiquent des endroits sur le terrain. »

En rentrant dans la salle à manger avec un plateau rempli de verres, Grace leur demanda pourquoi diable ça les intéressait autant.

Elinor et Miriam levèrent la tête d'un même mouvement, et avec un sourire innocent répondirent de concert : « Pour rien… »

Sur le chemin du retour vers Perdido, l'aveuglant soleil de fin d'après-midi dans les yeux, Miriam demanda à sa mère :

« Comment es-tu au courant pour le pétrole ?

— C'est mon secret, et je ne l'ai partagé qu'avec une seule personne.

— Et donc, qu'en pense Oscar ?

— Je ne lui ai pas encore dit. Il est persuadé que c'était une bêtise de mettre autant d'argent dans ces terres. »

Cette dernière remarque sidéra Miriam plus que tout autre chose.

« Tu veux dire que tu m'as confié ça, à *moi*, et pas à Oscar ? »

Elinor hocha la tête.

« Pourquoi ?

— Oscar sait tout ce qu'il y a à savoir au sujet des arbres, mais pas grand-chose pour le reste.

— Je n'y connais rien non plus au pétrole !

— Mais tu sais comment faire gagner de l'argent à la famille. C'est pour ça que je t'en ai parlé. Si j'en avais discuté avec Oscar, il m'aurait répondu qu'on est assez riches et que de toute façon, l'industrie pétrolière est un autre monde. Alors qu'en te le disant à toi, je sais que tu vas te renseigner sur la meilleure façon d'en tirer profit. Beaucoup de profits. »

Miriam réfléchit à ces mots tandis qu'elles traversaient Babylon. Sur la route en direction de Perdido, elle demanda :

« Pourquoi ferais-je quoi que ce soit ? Je n'ai rien à y gagner. Pourquoi est-ce que je me donnerais tout ce mal ? Ces terres vous appartiennent à toi, Oscar, Grace et Lucille, dit-elle sans animosité, simplement comme elle aurait exprimé une pensée.

— Non. Grace et Lucille en possèdent un quart, Oscar et moi un autre, on en a donné un troisième à Frances et Billy, et… fit-elle, puis elle marqua délibérément une pause.

— Et ?

— Oscar et moi avons signé le dernier quart à ton nom.

— À mon nom ?! s'exclama la jeune femme. Je n'ai besoin d'aucun cadeau de ta part, ajouta-t-elle précipitamment.

— Ce n'est pas censé être un cadeau. Oscar, évidemment, le voit comme ça, mais si je me suis assurée que tu aies ta part, c'est parce que je savais que si tu n'avais pas d'intérêt dans l'affaire, tu ne t'en occuperais pas.

— Et tu aurais eu raison, rétorqua-t-elle, paraissant tirer de la fierté de son égoïsme.

— Donc, tu possèdes un quart de ce terrain.

— Alors, pourquoi tout le monde en parle comme s'il n'appartenait qu'à Grace ?

— Parce qu'il fait partie de Gavin Pond, c'est

tout. Et puis, on voulait garder ces détails secrets.

— Grace sait que les terres ont été divisées de cette manière ? »

Elinor acquiesça.

« Elle sait qu'Oscar et moi y avons mis la majeure partie de l'argent. C'est comme pour un testament : on a tous un quart des intérêts. Ce n'est pas tant que tu possèdes mille cinq cents hectares en particulier, mais plutôt qu'un quart de l'ensemble est à toi… Un quart de l'argent que rapportera ce terrain.

— Grace est au courant pour le pétrole ?

— Seulement toi et moi.

— Qu'est-ce qu'elle dirait si on envoyait des gens forer la terre ?

— Je pense qu'elle n'apprécierait pas ça du tout.

— Pour l'instant, dit Miriam d'un ton pensif, il vaut mieux ne pas en parler. »

Elinor sourit.

« Ce sera notre secret, à toi et moi.

— En effet, dit Miriam à contrecœur. Je vais devoir réfléchir à tout ça. Tu l'as dit à Billy ?

— Non, seulement à toi.

— Si tu n'y vois pas d'inconvénient, j'aimerais lui en parler. Il pourrait nous être d'une grande aide.

— Fais comme tu le souhaites. Mais, s'il te plaît, dis-lui de ne rien dire à Frances, l'avertit Elinor. Elle a tendance à parler lorsqu'elle ne devrait pas.

— Ne t'en fais pas. Billy gardera ça pour lui. »

Elles firent le reste du trajet en silence. Elinor conduisait les yeux mi-clos face au soleil déclinant. Miriam était perdue dans ses pensées. Lorsque Elinor se gara devant la maison, la jeune femme leva la tête de surprise.

« Oh, on est déjà arrivées ! », s'exclama-t-elle. Puis, alors qu'Elinor s'apprêtait à descendre, Miriam l'interpella : « Ce quart, ce fameux quart qu'Oscar et toi m'avez cédé.

— Eh bien ?

— C'est un cadeau, n'est-ce pas ?

— Absolument pas », répondit Elinor en sortant de l'auto.

Le reste de la soirée, Miriam ne fut pas vraiment là. Distraite pendant le dîner chez ses parents, elle ne prit part à aucune conversation dans la véranda et ne parvint pas à trouver le sommeil plus tard, allongée dans son lit, l'esprit occupé par le pétrole qui gisait sous le marais. Elle n'entendit même pas Sister frapper à sa porte.

Quand on frappa à nouveau, elle appela dans l'obscurité :

« Sister ?

— Miriam... », répondit celle-ci en ouvrant doucement la porte. Derrière elle, le couloir était plongé dans le noir. « Je te réveille ?

— Non. Qu'est-ce qui ne va pas ?

— Je voulais te parler. Je n'arrive pas à dormir. »

Sister entra et s'assit au pied du lit. Malgré ses cinquante-cinq ans, elle paraissait en avoir pris dix de plus ce dernier mois. Sa chemise de nuit et ses cheveux étaient en désordre, elle avait l'air hagard. Qu'elle soit tourmentée par l'arrivée imminente de son mari n'était un secret pour personne.

« Qu'est-ce qui t'empêche de dormir ?

— Je m'inquiète au sujet d'Early.

— Je pensais qu'il serait déjà là. On est presque mi-avril.

— Ne dis pas ce genre de choses ! s'écria-t-elle. J'arrive à peine à manger tellement je redoute ce moment.

— Que vas-tu faire ?

— Je n'en sais rien », gémit-elle. L'obscurité semblait accroître son désespoir. « Qu'est-ce que je peux bien faire ? J'ai envie de m'enfuir en courant !

— Dans ce cas, je te conseille de te dépêcher, dit Miriam d'un ton détaché.

— Où est-ce que j'irais ?

— Où aimerais-tu aller ?

— Nulle part ! Je ne connais rien en dehors de Perdido.

— Sister, tu as déjà été dans énormément d'endroits.

— Pas depuis dix ans, en tout cas, c'est l'impression que j'ai.

— Sister, reprit Miriam d'une voix impatiente, si tu ne veux pas vivre avec Early, rien ne t'y oblige. Je ne comprends pas pourquoi tu en fais toute une histoire. Quand il arrivera, dis-lui juste de repartir.

— Je ne veux même pas le voir !

— Dans ce cas, *toi*, va-t'en. Et je t'en prie, arrêtons de ressasser le sujet. »

D'un mouvement brusque, Sister agrippa les chevilles de Miriam sous les couvertures.

« C'est toi qui vas te charger d'Early !

— Certainement pas, rétorqua sèchement Miriam. Ce n'est pas moi qui suis mariée avec lui. Ce ne sont pas mes affaires.

— Tu vas le laisser venir ici et m'emmener ? demanda Sister, blessée par l'indifférence de sa nièce.

— Il ne peut t'emmener nulle part, à moins que tu décides de l'accompagner. Et de toute façon, comment sais-tu qu'il veut encore de toi ? Il rentre peut-être pour demander le divorce.

— Non ! Je sais qu'il ne le fera pas. Il m'a dit qu'il voulait acheter des chiens de chasse à Creola Sapp. Si ça, ce n'est pas vouloir remettre un mariage en route, alors je ne m'y connais pas ! Il va essayer de me forcer à m'occuper de ces foutus chiens.

— Sister, tu bloques ma circulation. »

Elle lâcha la cheville de Miriam, qui frotta ses pieds l'un contre l'autre sous les draps pour y faire circuler à nouveau le sang.

« Écoute-moi, tu vas devoir te charger d'Early et lui dire… »

Miriam ne finit jamais sa phrase car à cet instant, les deux femmes entendirent un véhicule s'arrêter devant la maison.

« Qui diable… », commença Sister avant de s'arrêter, horrifiée, en se rappelant soudain qui ce pouvait être.

Tremblante, elle se leva et s'approcha de la fenêtre. Miriam sortit du lit et la suivit.

« Tu reconnais la voiture ? demanda-t-elle. Il est si tard ! »

Scrutant derrière les rideaux, Sister secoua la tête comme pour refuser d'y croire.

« N'allume pas la lumière ! cria-t-elle en voyant que Miriam avait traversé la chambre et cherchait l'interrupteur à côté de la porte. Il va nous voir ! »

La jeune femme revenait vers la fenêtre quand Sister eut un mouvement de recul.

« C'est Early… chuchota-t-elle. Oh, Seigneur. Pourquoi ne suis-je pas partie tant qu'il était encore temps ? »

Miriam regarda discrètement par la vitre.

« Il a vieilli », remarqua-t-elle.

Après avoir extrait une unique petite valise posée sur la banquette arrière, Early emprunta l'allée qui menait à la maison. Bientôt, la corniche du toit le masqua à la vue des deux femmes.

Dans son extrême agitation, Sister arpentait de

long en large la chambre plongée dans le noir.

La sonnette retentit deux fois, et elles entendirent la voix d'Early appeler : « Sister ! C'est moi ! »

Paralysée, Sister murmura : « Va-t'en... Va-t'en. »

La sonnette continuait à carillonner dans la maison silencieuse et plongée dans les ténèbres.

« Il va falloir qu'on le laisse entrer, déclara Miriam en avançant vers la porte de la chambre.

— Non, non », supplia Sister, saisissant le bras de sa nièce.

Celle-ci se dégagea d'une secousse et sortit dans le couloir. Sister lui emboîta le pas en chuchotant d'inaudibles suppliques. Comme Miriam descendait l'escalier d'un pas ferme, Sister se figea au sommet des marches, la main crispée sur la rambarde.

En bas, Miriam alluma les lumières du hall d'entrée et du porche, et écarta les voilages de la vitre de la porte.

« Miriam, c'est toi ? fit la voix étouffée d'Early.

— Une minute », répondit celle-ci en tâtonnant à la recherche du loquet. Elle déverrouilla et ouvrit. Puis elle retira le crochet de la moustiquaire.

« Salut, Miriam, dit Early en entrant dans la maison.

— Bonsoir, Early, on t'attendait.

— Où est Sister ?

— À l'étage.

— Early... », fit une voix dans un murmure étouffé depuis le sommet de l'escalier.

Dans son état proche de l'hystérie, Sister avait complètement oublié la fiole bleue sur sa table de chevet. Désormais, elle faisait demi-tour et traversait en courant le couloir plongé dans le noir – alors même que du rez-de-chaussée lui parvenaient les voix d'Early et de Miriam – pour se précipiter dans sa chambre. Elle s'empara du flacon, retira le bouchon et le vida en deux ou trois gorgées. Elle s'était attendue à quelque chose d'amer et fut surprise par l'écœurante douceur du liquide, comme un sirop de mûres.

Elle reposa la bouteille, se demandant ce qui allait se passer.

Mais rien n'avait changé ; elle ne percevait aucune différence. Elle entendait encore la voix d'Early à l'étage du dessous, qui conversait avec Miriam.

Ivey était vieille. Ivey perdait la main. Le sirop n'était qu'un placebo, dont la domestique s'était servi dans l'unique but que Sister la laisse tranquille.

Au désespoir, Sister sortit de la chambre d'un pas traînant et se prépara à affronter son destin, en la personne d'Early Haskew.

Elle atteignit l'escalier et scruta les ténèbres sous ses pieds. « Pourquoi Miriam n'a-t-elle pas allumé de lumières ? », se demanda-t-elle.

« Sister ? appela son mari. Je suis désolé de… »

Sister avait commencé à descendre dans le noir, mais en posant son pied sur la première marche, elle prit conscience qu'elle ne voyait rien. Plus rien du tout. La maison n'était pas totalement obscure, c'est elle-même qui était aveugle. Voilà ce qu'Ivey avait voulu dire par « faire mal ». « Aveugle ! Comment Ivey avait-elle pu… » Sister, déjà au bord de la panique, ouvrit la bouche et poussa un cri silencieux. Elle voulut faire demi-tour, sans doute dans l'idée de trouver de nouveau refuge dans sa chambre, mais ses jambes flageolantes s'emmêlèrent et elle fut incapable de retrouver l'équilibre. Elle dégringola l'escalier dans un méli-mélo de chemise de nuit, de cheveux et de membres agités. Avant que Miriam ait pu esquisser le moindre geste, Sister gisait tordue et brisée aux pieds de son époux.

LA PROMESSE D'EARLY

Early et Miriam soulevèrent le corps inerte de Sister et le portèrent jusqu'au canapé du salon. Tandis qu'il restait sans savoir quoi faire au-dessus de sa femme, qu'il n'avait revue qu'au plus fort de la guerre, quatre ans plus tôt, Miriam téléphonait au docteur Benquith, à Elinor, puis à Queenie. Cette dernière fut prise d'une crise d'hystérie qu'Elinor tenta de calmer pendant que le médecin examinait brièvement Sister. Il appela une ambulance et Sister fut transportée la nuit même à l'hôpital du Sacré-Cœur de Pensacola.

Dans sa chute, elle s'était cassé trois côtes et la jambe gauche. Elle s'était aussi cogné durement la tête, mais elle reprit connaissance au cours du trajet. Miriam et Elinor suivaient l'ambulance à bord de leur automobile, Early fermait la procession à bord de la sienne. Ils ne furent autorisés à voir Sister que le lendemain en fin de matinée. Malgré les bandages qui enserraient sa poitrine et sa jambe surélevée d'une manière grotesque, ils furent surpris de la trouver curieusement joyeuse.

« Miriam, viens donc m'embrasser ! s'écria-t-elle. Dis-moi que tu me pardonnes. »

Miriam se pencha sur l'oreiller et déposa un baiser sur la joue de sa tante.

« Je te pardonne. Mais pour quoi ?

— Pour avoir été aussi maladroite, répondit Sister en riant de bon cœur. Pour avoir dévalé l'escalier la tête la première.

— On peut difficilement te blâmer, dit Elinor. Il faisait sombre...

— Comme jamais ! s'exclama-t-elle. Je n'y voyais rien ! J'étais aveugle ! ajouta-t-elle en gloussant. Mais je vois parfaitement désormais.

— Tu venais de te réveiller, poursuivit Elinor. Tu étais impatiente de revoir Early. »

En entendant son nom, Early s'avança jusqu'au pied du lit et agita tout penaud le chapeau qu'il tenait à la main.

« Bonjour, Early, dit Sister. Comment vas-tu ?

— Je vais bien, Sister.

— Elinor, Miriam, chuchota celle-ci, est-ce que vous pourriez sortir une minute pour que je puisse parler à Early ? »

Les deux femmes échangèrent un regard surpris. Cela cadrait si peu avec son comportement d'avant l'accident qu'elles ne surent pas quoi penser. Adressant un hochement de tête à Early, elles quittèrent la chambre.

« Sister, commença Early en s'approchant de la tête de lit, je sais que tu dois beaucoup souffrir...

— Oh, c'est insupportable ! s'écria-t-elle. La douleur est terrible, Early, tu n'imagines pas. Je suis désolée que ça se soit produit juste au moment où tu revenais de je ne sais où...

— De Guildford. En Angleterre. Pour la construction d'un pont.

— Seigneur, tu en vois du pays ! Et tu vas bientôt repartir ?

— Non. Je pensais venir te récupérer à Perdido pour qu'on s'installe quelque part et qu'on reprenne des chiens. Si tu savais comme j'ai été malheureux de vivre sans chiens ! Je me suis senti tellement seul là-bas, à construire des digues et je ne sais quoi d'autre. Mais bon, je pouvais difficilement trimballer un animal à travers toute l'Europe. On ne m'aurait pas laissé faire.

— Early, commença Sister, regarde-moi, clouée dans ce lit...

— Je vois ça, dit-il avec un sifflement.

— Est-ce que j'ai l'air en état de faire téter des chiots au biberon ?

— Seulement si quelqu'un est là pour te les tendre.

— On ne laisse pas entrer des chiens dans un hôpital, Early. Pour le moment, fini les chiens. Fini pour un bon bout de temps, même.

— Quand est-ce que les médecins disent que tu iras mieux ? »

Sister parut hésiter.

« Ils ne savent pas. Ils n'en ont pas la moindre idée.

— Ces pansements ont l'air très serrés. Tu arrives à respirer ?

— Respirer me fait mal, admit-elle en prenant laborieusement deux ou trois inspirations, avant de paraître se remettre. Tu sais quoi, Early, je pensais à quelque chose, ça ne va pas être drôle pour toi de rester à Perdido pendant ma convalescence. Tu risques de t'ennuyer à mourir à être aux petits soins pour moi.

— Où est passée Ivey ?

— Ivey est encore là, mais elle doit s'occuper de la maison. Elle n'aura pas assez de temps à me consacrer.

— Et Miriam ?

— Oh, elle travaille comme une forcenée à la scierie. On n'a jamais vu quelqu'un travailler autant ! Et puis, Miriam n'est pas le genre de personne à qui l'on demande de descendre à la cuisine pour nous servir une tasse de café.

— Je veux bien le croire. Pourquoi tu n'engages pas une infirmière ?

— C'est ce que je vais devoir faire, répondit-elle précipitamment. C'est exactement ce que j'avais en tête. Je vais demander à l'hôpital de me recommander quelqu'un. L'infirmière pourra s'installer dans la chambre d'ami et veiller sur moi tous les jours.

Le problème, c'est que si je la mets dans la chambre d'ami, il n'y aura plus de place pour toi, Early.

— Mais, je dors avec toi ! rétorqua-t-il, surpris. Où est-ce que j'irais dormir autrement ? »

Sister eut un rire nerveux.

« Mais quel bêta ! Pour me rouler dessus pendant la nuit et me casser les quelques os qu'il me reste ? Tu as tellement grossi en trois ans ! Tu es aussi large qu'une maison…

— Avant je faisais de l'exercice et ça partait, répondit-il doucement. Mais maintenant, rien à faire, le gras reste là. Tu pourrais me labourer le ventre à coups de poing, Sister, je ne sentirais rien.

— Voyons, Early, je n'arrive même pas à lever les bras. Non, ce que je pensais, c'est que tu pourrais repartir à nouveau pour un temps… Trouver un emploi quelque part, une rivière où construire un pont, n'importe quoi. Quand je serai rétablie, je te passerai un coup de fil et tu pourras revenir me chercher.

— C'est une très mauvaise idée. Que va-t-on penser de moi si je m'enfuis en te laissant dans cet état ?

— Seigneur ! Ne t'en fais pas pour ça, les gens à Perdido ont oublié que tu existes. Et puis, depuis quand t'inquiètes-tu de ce qu'on peut penser de toi ? »

Early haussa les épaules. Il avait assis son corps massif sur une petite chaise en bois à côté du lit.

Son cerveau commençait tout juste à imprimer le fond du discours de Sister : elle essayait de le congédier à nouveau. Et ce, quelques heures seulement après son arrivée. Ses joues s'affaissèrent et quelque chose dans son regard rappela à Sister les chiots qu'il affectionnait tant. Elle lutta pour s'en tenir à sa décision, même si elle se rendait compte qu'il comprenait petit à petit ce qui était en train de lui arriver.

Elle fit alors ce dont elle ne se serait jamais crue capable. Elle lui offrit la vérité sans fard.

« Early, toi et moi, on n'est plus mariés. »

Les yeux d'Early s'emplirent de sidération.

« Tu as demandé le divorce ou un truc comme ça ?! »

Elle secoua tristement la tête.

« Je n'aurais jamais dû t'épouser. Tout est de ma faute.

— Sister... dit-il faiblement. Je t'aime, moi...

— Je suis une vieille fille. Tout le monde le sait. Je l'étais déjà quand j'avais douze ans. En t'épousant, je n'ai fait qu'aller contre ma nature. Quand tu as dû partir en mission pour ton travail, je suis redevenue une vieille fille sitôt que tu as passé la porte. Et ça me convient parfaitement.

— Je ne comprends rien à ce que tu racontes.

— Ça n'a pas d'importance, Early. Je veux seulement que tu t'en ailles. »

À cet instant, une infirmière entra dans la chambre en souriant, dit quelques mots à mi-voix et examina les bandages et le cadre de traction. Parfaitement immobile, Early fixait la fenêtre devant lui. Durant cet intervalle silencieux de quelques minutes, la bonne humeur de Sister disparut. Elle n'avait pas la force de faire semblant indéfiniment en présence de son époux. Dans le même temps, l'inquiétude d'Early au sujet des blessures et des souffrances de sa femme fut étouffée par la soudaine prise de conscience qu'elle souhaitait se débarrasser de lui à jamais. Lorsque l'infirmière partit, il se leva et regarda Sister dans les yeux. « On est encore mariés, dit-il. On le sera éternellement. Tu es mon épouse et rien de ce que tu diras ne pourra changer ça. Je vais partir. Je vais aller construire un pont ou n'importe quoi d'autre. Mais dès l'instant où tu pourras sortir de ce lit, je vais revenir te chercher. Tu comprends ce que je dis ? Je vais revenir te chercher et je vais t'emmener avec moi. Je peux le faire, Sister, parce qu'on est mariés et que je suis ton époux. Alors répare bien tes os et prépare tes valises, parce que je vais te traîner aux quatre coins de ce foutu pays, et jusqu'en Europe. Tu m'as compris ? »

Sister ne répondit pas, mais détourna la tête sur son oreiller, loin de son mari. Early sortit de la chambre et fit signe à Elinor et Miriam qu'elles pouvaient entrer.

Sister resta à l'hôpital. Elle annonça que seule Miriam pouvait lui rendre visite. Avec un dévouement chargé d'affection qui surprit bien des gens, la jeune femme fit tous les jours le trajet jusqu'à Pensacola après sa journée de travail. Elle passait la nuit dans un couchage d'appoint au chevet de sa tante, avant de retourner à Perdido tôt le lendemain matin pour prendre le petit déjeuner avec Oscar et Elinor. Jamais elle ne se plaignit ni ne dérogea à ces exténuantes allées et venues. Sister était maussade, rapportait-elle. Elle n'avait jamais été aussi malheureuse. Elle ne récupérait pas aussi vite que les médecins l'auraient cru.

Oscar secoua la tête et replia soigneusement sa serviette de table.

« Pauvre Sister…

— Elle ne veut pas aller mieux, dit Miriam.

— Mais pourquoi ? demanda Frances.

— Parce que sinon, Early Haskew va revenir et l'emmener loin de nous.

— Seigneur ! s'exclama Elinor. Il ne peut pas la forcer à le suivre.

— Impossible de lui faire entendre raison, dit Miriam avec un haussement d'épaules. D'ailleurs, je ne veux pas que cette discussion sorte de ces murs. »

Au bout de trois semaines, Sister sortit de l'hôpital. D'après ses radiographies, elle était entièrement rétablie, même si elle continuait à se plaindre de douleurs, d'une difficulté à respirer et de la perte de sensations dans la jambe gauche. L'hôpital lui avait recommandé une infirmière à domicile, mais elle avait refusé. « Ma famille va prendre soin de moi, avait-elle répondu. Et puis, s'ils ne le font pas, je mourrai, et c'est tout. »

Une ambulance la ramena chez elle, où Grace et Ivey, sous la direction de Leo Benquith, la portèrent jusqu'à sa chambre et la mirent au lit. Leo l'ausculta une fois de plus et prédit qu'elle serait sur pied dans le courant du mois. Puis il partit.

« Il dit n'importe quoi, fit Sister. Je ne serai pas capable de remarcher avant au moins six mois. Je le sais. Ivey, va me chercher une tasse de café, tu veux bien ? Tu n'imagines pas combien ta cuisine m'a manqué. Grace, va faire un saut chez Queenie et dis-lui de venir me tenir compagnie. Après tout, ce n'est pas comme si elle avait autre chose à faire de ses journées, elle ferait aussi bien de se rendre utile. »

Grace s'en amusa intérieurement. Elle ne reconnaissait plus Sister. Jamais elle ne s'était montrée aussi autoritaire, déterminée et impérieuse. Et voilà qu'elle était alitée dans sa chambre, avec deux matelas et trois oreillers supplémentaires, à donner des ordres et émettre des jugements avec la même aisance que Mary-Love tant d'années auparavant.

Comme convenu, Queenie arriva au chevet de Sister.

« Ça me fait plaisir de... commença-t-elle avant d'être sèchement interrompue par Sister.

— Approche-toi et remets mes oreillers en place. Je suis en train de glisser au fond du lit. »

Queenie passa un bras potelé sous le dos de Sister, la mit en position assise et arrangea les oreillers derrière elle. Elle l'aida ensuite à se rallonger.

« Ah, parfait, soupira celle-ci.

— Je me suis beaucoup occupée de mon père quand il était malade, dit Queenie. Je suis une experte.

— Je ne suis pas malade ! cria Sister. Je suis infirme ! »

Personne n'avait prévu de tels bouleversements. Lorsque Sister rentra handicapée de l'hôpital, en même temps que son corps, ce fut toute sa personnalité qui changea. Oscar alla voir Miriam quelques jours plus tard.

« Tu étais avec elle toutes les nuits, dit-il. As-tu remarqué quelque chose ?

— Je n'y comprends rien », répondit la jeune femme en secouant la tête.

C'était effectivement à n'y rien comprendre, cependant il fallut se rendre à l'évidence : Sister, qui n'avait vécu que pour anticiper et satisfaire les désirs des autres, ne paraissait désormais plus penser qu'à son propre confort. Elle devint le centre du foyer. Ivey passait tout son temps à la servir, lui apportant d'innombrables tasses de café et assiettes de gâteaux secs – l'infirme se refusant à manger autre chose en journée –, ainsi qu'un dîner préparé spécialement pour elle sur un plateau. Le plus curieux, c'est que Sister n'acceptait que l'aide de Queenie. Celle-ci lui tenait compagnie dans sa chambre une heure le matin, deux ou trois heures l'après-midi, et encore une ou deux heures le soir. Personne d'autre ne savait correctement disposer ses oreillers. Sister ne prenait ses médicaments que lorsque Queenie lui portait la cuillère aux lèvres. Si Queenie n'avait pas elle-même tiré les rideaux, la chambre était soit pleine de courants d'air, soit trop étouffante. La cuisine d'Ivey était immangeable à moins que Queenie ne la regarde prendre ses repas.

« Même Mary-Love n'était pas aussi pénible, dit Elinor à Queenie en secouant la tête. Je comprendrais parfaitement que tu veuilles déménager, juste pour avoir un peu la paix.

— Ça ne me dérange pas. Au moins ça m'occupe, maintenant que James est parti. J'ai l'impression de me rendre utile. »

LE MARAIS

La relation entre Elinor et sa fille Miriam s'était apaisée, comme si, désormais, aucune d'elles n'avait plus rien à prouver à l'autre. Quoique Miriam n'aille pas jusqu'à se montrer affectueuse envers sa mère, du moins ne la traitait-elle plus comme une ennemie. Et le seul reproche qu'Elinor avait à faire à sa fille, autrefois distante, concernait sa garde-robe, qu'elle jugeait trop décontractée pour une femme dans sa position.

Un samedi matin au début du mois de juin, après le petit déjeuner, Elinor frappa chez Miriam en appelant son prénom.

Celle-ci vint à la porte-moustiquaire, sans toutefois l'ouvrir.

« Tu veux voir Sister ?

— C'est toi que je suis venue voir. »

Méfiante, Miriam sortit sous le porche.

« Accepterais-tu de m'accompagner faire un tour ce matin ? demanda Elinor.

— Où ça ?

— Tu verras. »

Miriam n'allait pas lui faire le plaisir de poser d'autres questions.

« Très bien, allons-y », dit-elle en descendant les marches du porche.

Elles prirent la voiture d'Elinor et quittèrent la ville en direction du sud, sur une route peu empruntée qui longeait la rive ouest de la Perdido. Au bout d'une quinzaine de kilomètres, la route devint plus étroite et Elinor s'engagea sur un chemin de terre cahoteux qui traversait un bois fraîchement coupé.

« Ce sont nos terres, remarqua Miriam sur le ton de la conversation. Il me semble qu'Oscar est venu ici jeudi dernier. »

Elinor ne répondit pas, mais continua à rouler sur quelques kilomètres. Le chemin finit par disparaître lui aussi. Elles se trouvaient désormais au cœur de la forêt. Miriam examinait les alentours sans rien dire, contenant volontairement sa curiosité.

« Descends, intima Elinor en arrêtant le véhicule.

— On est au milieu de nulle part », répondit Miriam, bien que ce ne fût pas une objection, avant de s'exécuter.

Elinor s'était déjà engagée dans les bois en direction de l'est. Le soleil peinait à briller derrière les nuages et sous le couvert des pins, presque aucun de ses rayons n'illuminait le sol tapissé d'aiguilles.

« J'aurais dû enfiler quelque chose à manches longues », marmonna Miriam en suivant Elinor et chassant des moustiques voraces qui ne cessaient de se poser sur ses bras.

Les broussailles avaient été récemment brûlées en vue de la coupe des arbres, aussi la marche fut-elle relativement facile, même si chaque pas faisait remonter la puanteur de la végétation réduite en cendres.

Après environ cinq cents mètres, Miriam aperçut un cours d'eau.

« C'est la Perdido. »

Quelques pas devant elle, Elinor acquiesça.

« Si tu m'as fait venir ici pour me montrer la rivière, on aurait aussi bien pu grimper au sommet de la digue. »

Elinor ne répondit pas. Elle s'arrêta devant une langue de sable rouge et de gravats, de plusieurs mètres de large – ce qui restait de l'ancien cours de la rivière avant que celle-ci ne dévie de son lit quelque temps auparavant. Ce semblant de plage isolé était jonché de bouts de bois, d'aiguilles, ainsi qu'ici et là, de carcasses d'oiseaux et de rongeurs. On y avait traîné un petit canot vert, hors de portée du courant.

La Perdido, à cet endroit, mesurait une trentaine de mètres de large et s'écoulait nerveusement. Sur la rive ouest, là où se tenaient Elinor et Miriam, la forêt de pins s'étendait à perte de vue aussi bien en amont qu'en aval. Mais de l'autre côté de la berge, le paysage était entièrement différent.

« Ah, fit Miriam, comprenant enfin. C'est ici que commence le marais.

— Oui », répondit sa mère en descendant sur la plage rouge pour se diriger vers le canot.

De l'autre côté, il n'y avait pas de rivage à proprement parler, seulement une succession d'îlots d'herbes hautes, de cyprès et de palmiers nains au-dessus desquels des nuées d'insectes volaient paresseusement. Aux abords du marais, l'eau de la Perdido paraissait s'écouler tellement vite qu'on aurait dit qu'elle ne s'écoulait pas du tout ; son habituelle couleur rouge sombre était là-bas noire et opaque.

« Tu as l'intention de me faire traverser ? demanda Miriam, mal à l'aise, tandis que sa mère tirait avec facilité le canot vers l'eau.

— Ce marais va faire de nous des gens extrêmement riches, Miriam. Tu le sais aussi bien que moi. Mais ce matin, à la table du petit déjeuner, je me suis rendu compte que tu ne l'avais jamais vu.

— Non, et je ne suis pas sûre de vouloir.

— Pourquoi ? »

Le canot était dans l'eau, et seul le pied d'Elinor, posé à la proue, l'empêchait de dériver jusque dans le golfe du Mexique.

« On va se faire dévorer, lança Miriam. Regarde ces insectes !

— Ils sont aveugles.

— Quoi ? fit-elle en grimpant avec précaution dans l'embarcation malgré ses protestations.

— Donne-moi la rame », dit Elinor. Alors que Miriam la lui tendait, elle poursuivit : « Ces moustiques, là-bas, sont aveugles. Ils ne piquent pas.

— Je crois que tu racontes n'importe quoi », fit Miriam d'une voix nerveuse.

Elinor s'assit dans le canot, et en quelques secondes celui-ci se déporta de plusieurs mètres vers l'aval. En ville, derrière la digue, la Perdido était certes puissante et vive, mais pas autant qu'ici, songea Miriam avec un certain malaise.

Néanmoins, dès qu'Elinor eut plongé la rame dans l'eau, le canot figea sa course. La proue braquait sans difficulté. Et elles traversèrent la rivière sans qu'aucun muscle des bras de sa mère ne paraisse se tendre sous l'effort.

Elles s'approchèrent des îlots et de leurs nuages d'insectes. Miriam eut un mouvement de recul instinctif mais se garda de dire quoi que ce soit. L'eau rouge de la Perdido céda la place aux eaux noires et fétides du marécage sur une ligne de démarcation qui semblait trop nette pour être naturelle.

« Bon Dieu ! s'exclama Miriam. Ça pue !

— Ça sent comme dans tous les marais. »

Miriam crut que sa mère les faisait accoster directement sur un rivage herbeux, aussi s'agrippa-t-elle aux bords du canot, dans l'attente du choc.

Rien ne vint. Les hautes herbes s'ouvrirent devant elles, leurs longues tiges acérées, leurs fleurs duveteuses et sèches, et leurs épines râpeuses griffant les bras et le visage de la jeune femme. Une vague d'insectes fondit sur le canot, l'enveloppant telle l'une des plaies d'Égypte. Miriam poussa un cri, et les moustiques emplirent sa bouche et ses narines. Elle battit follement des bras, secoua la tête en tous sens, puis se tapit au fond de l'embarcation pour échapper à l'essaim vrombissant. Le nuage se dissipa subitement.

Surprise, elle leva la tête et regarda aux alentours.

Imperturbable, Elinor continuait à ramer.

« Il n'y en a qu'aux abords du marais, expliqua-t-elle. Maintenant, il va falloir que tu prennes garde à ceux qui pourraient *vraiment* te piquer. »

Miriam écrasa un moustique qui venait de se poser sur son poignet.

« Je déteste ce genre d'endroit.

— Je m'en doute, répliqua sa mère, mais je voulais que tu voies le marais de tes yeux. »

Miriam hocha la tête et examina le paysage, encore mal à l'aise mais avec intérêt. L'image qu'elle se faisait d'un marécage venait de ce qu'elle connaissait du marais de cyprès situé entre Perdido et Atmore. Or, le marais au sud de Gavin Pond était totalement différent : bien que très vaste, cet endroit était parcouru de bras d'eau encombrés, d'îlots indistincts et de ce qui ressemblait à des continents entiers de troncs pourris envahis par la mousse. De toutes parts, les oiseaux piaillaient et de petits animaux prenaient discrètement la fuite. La puanteur était suffocante; tout était en décomposition. Les parasites se dévoraient entre eux. Il n'y avait rien ici qui ne fût corrompu par la putréfaction. Elinor ramait vite. Elles s'enfoncèrent plus profondément dans le marécage. Miriam chassait les moustiques d'un geste machinal et observait tout ce qui l'entourait.

« Elinor, dit-elle au bout d'un moment, je ne comprends pas comment tu arrives à te retrouver dans ce labyrinthe. On a l'impression que tu suis une carte. »

Elinor rit.

« Je ne sais effectivement pas où je suis.

— Tu vas réussir à nous sortir de là ? », demanda la jeune femme, soudain alarmée.

Hochant la tête, Elinor leva la rame d'un geste délicat et écarta un alligator qui avait paresseusement surgi des eaux boueuses à proximité du canot.

Une demi-heure plus tard, elle agrippa du bout de sa rame la racine d'un cyprès renversé et tira le bateau vers un tapis d'herbes pourrissantes qui, aux yeux de Miriam, ne différait en rien des centaines d'autres qu'elles avaient vues jusque-là. Des orchidées poussaient au creux du cyprès à terre; des serpents se glissèrent hors d'un trou juste en dessous.

« Descends, ordonna Elinor.

— On ne risque rien ?

— Ne touche à rien, c'est tout. »

Lorsque Elinor eut stabilisé le canot, Miriam débarqua avec précaution. Sous les herbes en décomposition, le sol était visqueux. Elle faillit perdre l'équilibre et son pied glissa dans l'eau. Elle sentit comme une piqûre et, en relevant la jambe, elle découvrit que trois sangsues étaient accrochées à sa cheville. Avant qu'elle ait le temps de crier, Elinor se pencha, les arracha de sa peau et les écrasa dans son poing jusqu'à ce que le sang gicle entre ses doigts.

Tremblant légèrement, Miriam se tenait sur l'îlot herbeux.

« Bon. Et maintenant, que fait-on ?

— Rien. Je voulais juste te montrer l'endroit où ils vont forer en premier. »

Miriam dévisagea sa mère, puis regarda attentivement tout autour d'elle. Des marais, de la boue, de la végétation en décomposition. Ce qui jadis avait été vert virait au marron ; ce qui avait été marron tournait au noir. Le ciel avait revêtu une teinte délavée. Le soleil était un disque blafard. L'air était immobile, bas, lourd.

Elle fut soudain prise de vertige. Elle regarda à nouveau sa mère, qui essuyait les restes des sangsues écrabouillées contre la coque du canot, trempant sa main dans l'eau pour se débarrasser des résidus sanguinolents.

Ça ne dura que quelques secondes, mais pour Miriam, debout sur cet îlot végétal, prise de vertiges et hébétée, ces menus gestes parurent durer des heures. Elle regarda la main de sa mère disparaître sous l'eau, vit son poignet délicat faire des allées et venues, fixa la main qui remontait lentement à la surface.

Les cris des oiseaux étaient désormais accompagnés d'un autre chant, un chant que Miriam n'avait jamais entendu auparavant. Non, c'était faux, elle le connaissait, elle l'avait entendu en rêve ; vingt-cinq ans de rêves dans le lit de sa chambre avec vue sur la digue.

Ce chant d'un autre temps lui vrillait le crâne ; elle oublia qui elle était, où elle était et avec qui elle était. Elle ferma les yeux pour mieux écouter – pour écouter intensément pendant ce qui lui parut à peine quelques secondes. Lorsqu'elle rouvrit les paupières, le pâle disque du soleil avait poursuivi sa course dans le ciel. À présent, il brillait faiblement à travers les branches des cyprès.

« Remonte dans le canot », fit Elinor d'une voix comme étouffée et lointaine.

Miriam descendit de l'îlot et grimpa dans l'embarcation.

« On ferait mieux de rentrer. À la maison, ils vont se demander où on est. »

Miriam ne répondit rien, pas plus qu'elle ne fit de commentaires ni ne posa de questions tandis que sa mère guidait habilement la barque par un autre itinéraire que celui qu'elles avaient emprunté à l'aller. Elle ne se retourna même pas.

Miriam aperçut à nouveau les nuées de moustiques aveugles qui marquaient la limite du marais. Alors que le canot approchait, les insectes les assaillirent une nouvelle fois, puis Miriam fut à nouveau griffée par les herbes hautes. L'embarcation s'enfonça dans les eaux rouges de la Perdido, et la jeune femme songea que la rivière ne lui avait jamais paru aussi propre et limpide. Bientôt, elles accostèrent la rive ouest. Elinor sauta hors du canot, qu'elle tira jusqu'à la petite plage caillouteuse et désolée. Elle tendit la main à sa fille.

Celle-ci secoua la tête et débarqua avec peine, mais sans assistance.

Les deux femmes se dirigèrent en silence vers la voiture. Un nouvelle fois, Elinor marchait devant.

Alors qu'elle montait à bord, Miriam remarqua :

« J'ai cru que tu allais m'abandonner dans le marais.

— Non, répondit Elinor sans s'émouvoir. J'ai juste pensé qu'il fallait que tu le voies.

— Merci », dit Miriam avec raideur lorsque sa mère démarra le moteur.

Une quinzaine de jours après cette excursion dans le marais, Lucille fut surprise de voir l'auto de Miriam se garer devant la ferme un après-midi. Suivie par Tommy Lee qui trottinait derrière, elle sortit pour l'accueillir.

« Qu'est-ce que tu fiches ici ?

— Bonjour à toi aussi », dit Miriam en claquant la portière.

Lucille éclata de rire.

« Pardon, je voulais dire, qu'est-ce qui t'a poussée à sortir de ton bureau ?

— J'ai besoin de vous parler, à Grace et toi.

— Grace et Escue font les maïs. Je vais aller la chercher. Tiens, emmène Tommy Lee à l'intérieur. Il y a un pichet de thé glacé dans le réfrigérateur.

— Sucré ? demanda Miriam en prenant la main de l'enfant pour lui faire grimper les marches du porche.

— Oui, mais je vais t'en faire sans. »

Quelques minutes plus tard, les trois femmes étaient assises autour de la table de la salle à manger, Tommy Lee sur les genoux de Grace. Cette dernière arborait un hâle intense dû au temps qu'elle passait dans les champs. Ses cheveux avaient pris une teinte dorée. Par contraste, Lucille semblait pâle car elle ne sortait jamais sans son chapeau de paille à larges bords. Cependant, elle avait bonne mine et était presque aussi dodue que Queenie lors de son arrivée à Perdido. Ses bras étaient roses et parsemés de taches de rousseur, et elle tirait une immense fierté de la callosité de ses mains, car elles prouvaient à sa famille combien elle travaillait dur par amour pour Grace et pour la ferme. Sur une chaise, un ventilateur était réglé sur sa vitesse maximale.

Grace et Lucille examinaient Miriam avec curiosité. C'était la première fois qu'elle leur rendait visite en pleine semaine. Assise face à un porte-bloc auquel était fixée une liasse de papiers, Miriam sortit un stylo-plume de la poche de sa robe. Elle en vint directement au but de sa visite.

« Je suis venue vous parler du marais au sud de la propriété.

— Qu'est-ce qui se passe ? demanda Grace avec méfiance.

— D'abord, on va en acheter plus. Il y a une autre parcelle juste à côté, d'un peu plus de sept cents hectares. Je l'ai achetée. J'ai besoin de vos signatures.

— Miriam, on n'a plus d'argent à mettre dans des marais ! On est assez fauchées comme ça.

— Queenie vous prête la somme, répondit Miriam avec fermeté. Voilà, c'est ce papier-là, ajouta-t-elle en débouchant son stylo.

— Écoute, personne n'aime autant que moi acquérir des terres, dit lentement Grace, mais, Miriam, tu es sûre qu'on en a besoin ? Je veux dire… ce ne sont que des marécages, non ? Là-bas, il n'y a que des moustiques, des alligators et des sables mouvants. Combien tu as payé ?

— Trente dollars l'hectare.

— Seigneur ! s'écria Grace qui, de stupeur, souleva Tommy Lee pour le poser sur les genoux de Lucille. À ce prix-là, j'aurais pu m'acheter un terrain dans la Black Belt ! Qu'est-ce qui t'a pris d'acheter ça pour autant d'argent ? »

Miriam poussa un soupir.

« Grace, contente-toi de signer. Tu ne vas pas perdre un centime. Tu sais comme moi que tu n'auras jamais à rembourser Queenie. Lucille et toi allez détenir un quart du titre de cette propriété. Elinor et Oscar en ont un quart, Frances et Billy un autre, et moi le dernier. Signe, c'est tout, répéta-t-elle en lui tendant le stylo.

— Je ne comprends rien à ce qui se passe », marmonna Grace en paraphant les documents.

Lucille lui rendit Tommy Lee et prit le stylo à son tour.

« Autre chose ? demanda Grace. À en juger par ton tas de papiers, on va en avoir pour l'après-midi.

— Une dernière », répondit Miriam en extrayant une feuille à la fin de la pile.

Grace examina le document.

« Je ne comprends pas.

— C'est parce que tu n'arrives pas à lire, dit Lucille. Grace ne voit rien sans ses lunettes. Mais elle refuse de les porter !

— Je vois parfaitement quand je suis dans les champs, rétorqua cette dernière en signant le papier.

J'espère que tu ne nous escroques pas, Miriam.

— Ne t'en fais pas, dit-elle en posant le document devant Lucille.

— Comment va Frances ? demanda celle-ci.

— Enceinte jusqu'au cou.

— C'est quoi ce papier ? demanda Grace.

— Une autorisation de forage, répondit Miriam en clipsant la feuille au porte-bloc.

— Qu'est-ce que ça veut dire ? »

Miriam se leva.

« Ça veut dire qu'il y a du pétrole sous ces marais.

— Mon Dieu ! s'exclama Lucille, posant Tommy Lee à terre. Miriam, tu plaisantes !

— Pas du tout. Dans deux semaines, je vais rencontrer quelques personnes à Houston.

— Attends, dit Grace, tu es en train de nous dire que tu m'as fait signer un document que je n'ai même pas pu lire autorisant une foutue compagnie pétrolière à rappliquer avec ses hommes, ses machines et Dieu sait quoi encore pour mettre à sac notre propriété ?! C'est ça que je viens de signer ? Où sont mes lunettes !

— Voilà, tu as tout compris, répondit Miriam en se dirigeant vers la porte.

— Ils vont rester coincés dans les sables mouvants, soupira Lucille en guise de consolation.

— Grace, bon sang, reprends-toi, lâcha Miriam, la main sur la poignée. Ils ne vont pas vous déranger.

— Ils seront ici !

— À cinq kilomètres. Tu ne vas même pas les entendre.

— Comment sais-tu qu'il y a du pétrole là-dessous ? demanda Lucille. Tu as envoyé quelqu'un faire quelques brasses jusqu'au fond du marais ?

— C'est Elinor qui le dit », répondit Miriam en sortant.

Debout dans l'embrasure, Grace et Lucille la regardèrent remonter dans son auto.

« Ne m'apporte plus aucun papier à signer, tu m'entends ?! cria Grace. Parce que je les déchirerai sous ton nez ! »

Miriam démarra, fit faire un demi-tour à sa voiture et ouvrit la vitre.

« Lucille, d'ici neuf mois, tu pourras coudre tes robes avec des billets de cent dollars ! »

LES JUMELLES

Un matin juste avant le déjeuner, Frances et Elinor étaient assises dans la véranda. La journée était déjà chaude, et sur les flancs de la digue, les feuilles du kudzu avaient flétri. Frances s'était installée contre la rambarde afin de profiter d'une légère brise qui balayait la cour. Oscillant doucement sur la balancelle, sa mère réparait l'ourlet de l'une des jupes de Zaddie.

La grossesse de Frances ne lui apportait que de l'inconfort. Elle n'avait pas beaucoup grossi, mais son ventre était énorme. Plus que tout, elle désespérait de retrouver un jour son équilibre, ou même l'impression de marcher en se tenant droite. À présent, traverser une pièce lui était non seulement difficile, mais aussi douloureux.

« Maman, soupira-t-elle, je ne me doutais pas que ça serait comme ça. Je n'ai qu'une envie, c'est de ne plus bouger jusqu'à l'accouchement !

— Je sais que c'est compliqué, ma chérie, mais

il faut absolument que tu te forces à faire un peu d'exercice, à te lever et marcher un peu. Pour le bien de tes enfants.

— *Mes* enfants ? », répéta Frances, stupéfaite.

Elinor releva la tête, avec l'air de s'être trahie.

« Oui... dit-elle au bout d'un moment. Des jumeaux. Enfin, pourquoi crois-tu que ton ventre soit aussi gros ?

— Comment peux-tu en être certaine ?

— Je le sais, parce que moi aussi j'ai une jumelle.

— Tu m'as dit que tu avais une sœur, mais jamais que...

— Nerita et moi, nous sommes jumelles. Mais malgré ça, on est encore plus différentes que toi et Miriam.

— D'accord, mais comment sais-tu que je vais avoir des jumeaux ? »

Elinor garda un moment le silence.

« Frances, dit-elle enfin doucement, viens t'asseoir à côté de moi. »

Après plusieurs manœuvres compliquées, celle-ci s'exécuta, non sans effort. Elinor continua à se balancer, doucement et en rythme. Frances voulut parler, mais sa mère la coupa.

« Chut ! Ferme les yeux, ma chérie. »

Frances obéit.

« Oublie la lumière. Oublie le soleil et la chaleur. Écoute seulement ma voix et mes mots sans penser à rien d'autre. »

Elinor parlait d'une voix douce et basse au même rythme qu'elle reprisait l'ourlet de la jupe posée sur ses genoux.

« Frances, ma chérie, tu m'entends te parler et tu entends ma voix. Tu sens la brise souffler sur ta nuque, et tu sais qu'elle a parcouru la Perdido parce que tu peux sentir la rivière. Tu sens l'eau et tu sais d'où vient cette brise. Tu sais à travers quels arbres et quelles branches elle a soufflé. Tu sens l'odeur des chênes d'eau. Ils ont une odeur différente de tous les autres arbres, ils ont même une odeur différente les uns des autres. Les chênes d'eau ont un nom comme toi et moi en avons, sauf qu'il ne peut être prononcé à voix haute. Lorsque le vent souffle à travers eux, l'arbre dit son nom. Est-ce que tu l'entends ? »

Frances hocha lentement la tête.

« Garde les yeux fermés. Derrière tes paupières, il fait noir. Il fait noir dans tout ton corps et Frances est à l'intérieur de son propre corps et aucune lumière ne vient la déranger, c'est comme d'être au fond de la rivière, aucune lumière ne parvient à percer l'eau boueuse. Mais toi, Frances, Seigneur, tu vois ce qu'il y a à voir ici. Tu peux aller où tu veux dans ces ténèbres, de la même façon que tu pourrais nager n'importe où au fond de la rivière si tu le voulais. Vas-y, essaie. Tu vois, tu n'as pas atteint le fond. Tu peux plonger encore et encore, alors fais-le. Descends plus profond à présent.

Tu peux te repérer même s'il n'y a aucune lumière. Descends tout au fond. Tu vois comme c'est simple ? Oh, Frances, tu sais ce que tu cherches. Tu cherches deux petits bébés, deux petits bébés qui sont entièrement à toi. Je me rappelle, Frances, je me rappelle être descendue un jour au fond et t'avoir rencontrée. Je m'étais dit : “Comme cette petite fille est précieuse, je vais l'aimer plus que tout au monde.” Et tu sais quoi ? Tes yeux étaient ouverts, tu m'as rendu mon regard, ta bouche s'est ouverte et tu m'as dit : “Maman.” Et moi je t'ai répondu : “Ma fille.” Parce que tu n'avais pas encore de prénom. Tu... »

Elinor se tut. À ses côtés, le corps de Frances était raide, ses paupières frissonnantes, sa bouche traversée de tics nerveux. Elinor entendit une voiture se garer devant la maison. Au bruit qu'elle fit, elle sut que c'était celle d'Oscar. Elle reprit la parole d'une voix encore plus basse, rapide et urgente.

« Tu vois, Frances, deux bébés, exactement comme je te l'ai annoncé. Tu vois comme ils se portent bien ? Maintenant tu vas remonter à la surface. Dis au revoir à tes enfants – *ne les touche pas* –, fais demi-tour et remonte. Remonte jusqu'à tes paupières. Tu vas y arriver, les rayons du soleil s'infiltrent malgré elles. Nage sans t'arrêter. Dépêche-toi, ma chérie. Quand tu seras remontée, retourne-toi une dernière fois, assieds-toi lentement et mets-toi à l'aise. Et maintenant, Frances, ouvre les yeux. »

En bas, la porte-moustiquaire claqua et le hall d'entrée résonna des voix du mari d'Elinor et de sa fille aînée.

Frances avait ouvert les yeux et tremblait.

« Maman, chuchota-t-elle.

— Chut... »

Oscar montait l'escalier.

« Maman ! », répéta Frances d'un ton résolu.

Elinor se tourna vers sa fille.

« Des jumeaux ?

— Il y en avait deux, répondit vaguement Frances.

— Deux filles, comme Nerita et moi ?

— L'un des deux était une fille, dit Frances, encore tremblante.

— L'autre était un garçon ? »

Oscar apparut au seuil, le sourire aux lèvres.

« Alors, ce bébé n'est toujours pas sorti ? rit-il. Frances, je meurs d'impatience de rencontrer mon premier petit-enfant. Il va falloir lui dire de se dépêcher. »

« L'autre était un garçon ? chuchota anxieusement Elinor à l'oreille de sa fille.

— L'un des deux était une fille », répéta Frances en se levant maladroitement de la balancelle.

Frances resta silencieuse pendant le déjeuner et se retira dans sa chambre avant la fin du repas.

Billy se leva pour la suivre mais, posant sa serviette, Elinor dit : « Reste ici, je vais y aller. »

Frances était étendue sur son lit, les yeux humides, immobile. Les rideaux étaient tirés, il faisait une chaleur étouffante.

« Laisse-moi allumer le ventilateur », dit sa mère en entrant dans la chambre.

Traversant la pièce, elle s'assit au bord du lit et prit dans la sienne la main inerte et moite de Frances.

« Maman, quand le moment sera venu... », dit celle-ci en ravalant un sanglot.

Elinor hocha la tête, tout en ajoutant :

« Quand le moment sera venu de mettre au monde tes bébés...

— Je veux que ce soit toi et personne d'autre. *Personne*, tu comprends ? Éloigne Billy et papa. Envoie Zaddie faire une course.

— J'aurai besoin d'aide, chérie. Zaddie sera là.

— Non, je...

— Il n'y a rien que Zaddie n'ait vu ou qu'elle ne sache pas, dit Elinor lentement. Tu m'as bien comprise ? Il n'y a rien que Zaddie ne ferait pas pour toi ou pour moi. C'est comme ça depuis son enfance, depuis l'époque où elle ratissait la cour de Mary-Love. »

Elinor continuait à serrer la main de sa fille.

« Maman, souffla Frances, qui pleurait ouvertement à présent. Tu sais ce que j'ai vu ? »

Elinor acquiesça.

« Maintenant je sais pourquoi tu es troublée.

— Comment je pourrais ne pas l'être ! »

Elinor sourit.

« C'est comme pour Nerita et moi. Ces deux bébés vont être aussi différents que le jour et la nuit, que l'air et l'eau, aussi différents que la vie et la mort.

— Mais qu'est-ce que je vais...

— Je te dirai quoi faire, chérie, il n'y a aucune raison de t'inquiéter. Tout ce qu'il faut que je fasse, c'est réfléchir au moyen d'éloigner Oscar et Billy le temps de l'accouchement. »

Le ventre de Frances continua à enfler, au point que son mari et son père se demandèrent si c'était bien un seul enfant qu'elle portait. Déprimée, Frances pria Billy de dormir dans la chambre d'ami. Elle se sentait trop mal dans son corps pour partager un lit, expliqua-t-elle. Il obtempéra sans discuter.

Début juillet, Frances se mit à presser sa mère de trouver un prétexte pour qu'Oscar et Billy quittent la maison. Lorsqu'elle accoucherait, elle voulait être sûre d'être seule.

Un matin après le petit déjeuner, sitôt qu'ils eurent quitté la maison pour aller travailler, elle annonça à sa mère :

« Une semaine.

— Tu es certaine ? demanda Elinor, ravie.

— Oui, certaine.

— Frances, ça va être compliqué de les tenir à l'écart. Ton mari va vouloir rester à tes côtés. Est-ce que ça ne serait pas plus judicieux que Zaddie, toi et moi, on s'en aille pour quelques jours ? »

Frances regarda sa mère avec un drôle d'air.

« Non, fit-elle, avec une pointe de surprise dans la voix. Maman, tu sais très bien qu'il faut qu'on soit près de la rivière. »

Elinor sourit, comme si sa suggestion avait été un test auquel sa fille avait correctement répondu.

« Ma chérie, tu es en train de changer, tu t'en rends compte. »

Frances acquiesça. Elle eut un sourire triste.

« Je sais des choses que j'ignorais auparavant.

— Et tu trouves ça difficile...

— Oui. Mais je n'ai pas vraiment le choix, n'est-ce pas ? »

Elinor secoua la tête.

« Comment te sens-tu ? », demanda-t-elle avec curiosité.

Se renfonçant contre le dossier de son siège, Frances réfléchit à la question avant de répondre avec précaution :

« Je me sens différente. Je comprends des choses que je n'avais jamais comprises. Je vois des choses que je n'avais jamais vues. J'entends des choses que je n'avais encore jamais entendues. Chaque chêne d'eau a bien un nom, et à présent, je les connais. Quand je suis assise ici et que je sens souffler la brise, je sais où elle a voyagé. Je serais incapable de l'exprimer, mais je le sais. Je sens que mon corps a changé, et je crois que c'est autre chose que simplement la grossesse. On dit qu'en attendant un enfant, toutes les femmes subissent des changements dans leur corps, mais là, c'est différent. C'est la façon dont je bouge, dont je ressens les choses quand je les prends entre mes mains. Je ne sais pas quoi exactement… Maman, est-ce que je suis réellement en train de changer ?

— On change tous. Même toi. Même moi.

— D'accord, mais… Ça va paraître fou, mais j'ai l'impression que je *rajeunis*. Ce n'est pas ce qu'on est censé ressentir quand on a des enfants pour la première fois. On est censé se sentir vieillir, devenir adulte.

— Tu ne te sens pas plus jeune, mais plus heureuse, c'est tout. »

Frances secoua la tête, avant de demander d'une voix pensive : « Quel âge as-tu ? »

Sa mère sourit.

« Je n'ai jamais répondu à cette question. À qui que ce soit. Quel âge crois-tu que j'aie ?

— Je dirais le même âge que papa. Il a cinquante-trois ans.

— J'ai l'air aussi vieille ?

— Tu as l'air de quelqu'un qui pourrait avoir cet âge. Enfin, tu es très belle, maman, évidemment, mais tu fais cinquante-trois ans. En quelle année es-tu née ? Es-tu plus jeune ou plus vieille que papa ?

— Je n'en ai aucune idée. J'ai perdu mon certificat de naissance pendant la crue de 1919.

— Mais tu dois bien connaître ton âge ?

— Ma chérie, certains prétendent que l'on ne devrait pas calculer son âge au nombre des anniversaires qu'on a fêtés, mais à l'impression de jeunesse qu'on éprouve. Même si je m'apprête à avoir mes premiers petits-enfants, je me sens très jeune. Toi aussi, tu viens de le dire : tu as l'impression de rajeunir, et je suis sûre que c'est le cas. »

Tandis qu'Elinor appelait Zaddie pour lui demander plus de café, Frances réfléchit à cette dernière remarque.

« Maman, demanda-t-elle une fois que Zaddie fut retournée à la cuisine, combien de temps je vivrais si je restais dans l'eau tout le temps ?

— Chut ! intima sa mère en faisant un signe de tête vers la porte de la cuisine.

— Tu as dit que Zaddie connaissait tous nos secrets.

— Elle en connaît *certains*, mais ce n'est pas une raison pour les crier haut et fort. Et puis, tu ne devrais pas poser ce genre de question, pas…

— Pas quoi ?

— Pas au petit déjeuner. »

Frances éclata de rire.

« Je ne faisais que réfléchir tout haut. Je me demandais combien de temps je vivrais si j'habitais au fond d'une rivière, n'importe laquelle. Je me demandais si je vivrais plus longtemps que les gens sur la terre ferme. »

Elinor semblait gênée. Elle tripotait sa tasse, la faisant lentement tourner sur sa soucoupe.

« Peut-être, dit-elle avec hésitation.

— Sur la terre ferme, vingt-cinq ans c'est déjà être adulte, mais peut-être que sous l'eau, ce n'est pas si vieux. Peut-être que là-dessous, vingt-cinq ans, c'est l'âge d'une petite fille.

— C'est possible.

— Et peut-être, poursuivit Frances avec un ton plus sérieux, peut-être qu'une femme de vingt-cinq ans sur la terre ferme qui ne ferait que penser au fond de l'eau, qui le verrait chaque fois qu'elle ferme les yeux et qui l'entendrait dès qu'elle pose ses mains sur ses oreilles, peut-être alors que cette femme commencerait à se sentir rajeunir.

— C'est aussi une possibilité.

— Et imagine si... Oh ! s'interrompit-elle avec un cri de surprise.

— Qu'est-ce qu'il y a ?

— J'ai senti un coup de pied ! s'exclama-t-elle en riant.

— La petite fille ?

— Non, l'autre. »

Frances ressentit les premières contractions au cours du dîner, précisément une semaine plus tard. Alors qu'elle n'avait pas fini son repas, Miriam se leva de table et dit : « Je rentre chez moi. Appelez-moi quand ce sera fini. »

Lançant des félicitations par-dessus son épaule, Queenie aussi se hâta de rentrer chez elle. Billy courut au téléphone pour appeler le docteur Benquith, mais Frances l'en empêcha d'une parole sèche.

« Non ! Maman et Zaddie. Je veux juste maman et Zaddie.

— Mais ma chérie… fit-il, surpris. Ton ventre est si gros. Et s'il y a le moindre problème ?

— Maman et Zaddie, c'est tout, répéta Frances avec résolution.

— Elinor ! dit Oscar d'une voix alarmée. Prends soin d'elle, monte-la à l'étage, vite !

— Oscar, on n'accouche pas aussi rapidement, répondit-elle calmement.

— Est-ce que tu es sûre que ça va ? s'inquiéta Billy.

— Zaddie, pose ces assiettes, dit Oscar. Et occupe-toi de Frances.

— Elle va bien, Monsieur Oscar, répondit-elle en continuant de débarrasser la table.

— Du moins, j'irai bien une fois que vous serez

tous les deux partis, dit Frances.

— Tous les deux ? demanda Billy. Qui ça, tous les deux ?

— Toi et papa.

— Quoi ?! s'écria Oscar.

— Je ne veux pas que vous soyez là.

— Votre présence la rend nerveuse, expliqua Elinor. Je la comprends. Quand j'ai accouché, je ne voulais pas qu'il y ait d'hommes dans les parages. Ils ne font que déranger.

— Voilà, renchérit Frances. Donc, je vous serais reconnaissante de vous en aller, papa et toi.

— Où veux-tu qu'on aille ? demanda Billy.

— Allez passer la nuit à la ferme avec Grace et Lucille, dit Elinor. On vous appellera quand ce sera fait.

— Pas question que je m'en aille, protesta Billy.

— Si, dit calmement Frances. Et tout de suite. Mettez vos pyjamas dans un sac. Maman, tu veux bien appeler Grace pour la prévenir de leur arrivée ? Qu'elle leur prépare une chambre. »

Abasourdis, les deux hommes restèrent assis en silence à regarder Elinor aider sa fille à monter à l'étage.

Zaddie sortit de la cuisine et, les voyant, dit : « Allez, du balai ! On ne veut pas de vous ici ! »

Cette nuit de juillet était chaude et embaumée. Des nuages bas réfléchissaient les lumières de la ville, les diffusant au-dessus de Perdido en un voile gris et diffus. Son beau-père assis sur le siège passager, Billy conduisait à tombeau ouvert en direction de Gavin Pond, comme si son épouse s'y était trouvée et qu'elle l'avait supplié de la rejoindre pour la naissance de leur enfant.

« Billy, dit Oscar d'un vague ton de reproche, tu roules trop vite. Je n'ai pas particulièrement envie de mourir ce soir. Pas tant que je n'aurai pas vu mon petit-fils.

— Pardon », répondit-il en levant le pied de l'accélérateur.

Ils traversèrent Babylon. Bien qu'il ne soit que vingt et une heures, la plupart des maisons étaient plongées dans le noir.

« J'ai essayé de faire dire à Elinor si ce serait un garçon ou une fille, mais elle n'a rien voulu lâcher. Elle m'a simplement répondu qu'on verrait bien.

— Comment pourrait-elle savoir de toute façon ? »

Oscar ne dit rien pendant quelques secondes. Enfin, il choisit de répondre par une question.

« Comment peux-tu passer autant de temps aux côtés d'Elinor sans remarquer qu'elle sait des choses que toi et moi ignorons ?

— Madame Caskey est une des femmes les plus intelligentes que je connaisse, reconnut Billy, mais comment pourrait-elle savoir si c'est un garçon ou une fille ? »

Lucille et Grace les attendaient, averties par un coup de fil d'Elinor. Elles se tenaient sur le seuil de la maison, vêtues de robes de chambre identiques.

« Vous vous êtes fait mettre à la porte ? demanda Grace avec un sourire.

— Et comment ! s'exclama Billy en descendant de la voiture.

— On vous dérange, dit Oscar d'un ton contrit.

— Je suppose que c'est Frances qui vous a chassés, dit Lucille, elle aussi avec un sourire, en s'écartant afin qu'ils puissent entrer. Il était temps. Je ne comprendrai jamais comment une femme qui se respecte peut vivre avec un homme.

— Eh bien, ça fait plaisir ! rétorqua Billy. Vraiment.

— Je ferais mieux d'appeler Elinor, dit Oscar en se dirigeant vers le téléphone.

— Ça ne sert à rien, prévint Grace. Elle m'a demandé de vous dire que c'est elle qui appellerait. De toute façon, elle ne répondrait pas, il y a trop à faire.

— Alors il ne reste plus qu'à attendre que le téléphone sonne, soupira Billy. C'est mon premier bébé !

— Faisons une partie de cartes pour penser à autre chose, suggéra Grace en les conduisant dans la salle à manger.

— Je ne sais jouer qu'aux dominos, dit Oscar. J'aurais dû penser à les ramener.

— On va vous apprendre la canasta, dit Lucille. Avec Grace, on y joue tout le temps. Bien sûr, c'est différent à quatre, mais on va t'apprendre. »

Ils s'assirent autour de la table et Oscar écouta patiemment les règles. Cependant, il n'arrivait pas à se concentrer, et au bout d'une heure, ils renoncèrent à essayer de jouer. Lucille alla à la cuisine et prépara des verres du nectar de mûres d'Elinor, qu'elle apporta ensuite dans la salle à manger.

« Oscar, tant que tu es ici, dit Grace, j'aimerais te parler de quelque chose.

— De quoi ?

— Miriam est venue ici la semaine dernière pour nous faire signer des papiers.

— Je suis au courant.

— Très bien. C'est tout ce que je voulais savoir. Je voulais être sûre qu'elle ne décide pas seule dans son coin de saccager nos terres.

— Miriam affirme qu'on va en tirer une fortune, dit Billy. Et si on peut faire de l'argent à force de travail et par pure avidité, alors Miriam va tous nous rendre riches.

— Il a raison, tu peux lui faire confiance, ajouta Oscar pour rassurer Grace. Si elle te dit de signer quoi que ce soit, fais-le sans poser de questions. Si elle te demande de lui faire un chèque, idem. Elle sait ce qu'elle fait. Rien ne lui importe à part gagner de l'argent. Elle se fiche qu'il aille sur son compte, le tien, le mien, ou celui de n'importe qui d'autre dans la famille. Rien ne lui procure plus de joie que d'additionner des colonnes de chiffres et voir le total grossir.

— Est-ce qu'elle vous parle de ce qu'elle manigance ? demanda Grace d'un ton perplexe.

— Pour quoi faire ? répondit Oscar avec un haussement d'épaules. Je sais tout ce qu'il y a à savoir sur les forêts mais sorti de là… Du moins, je serais incapable d'aller au Texas pour parler du pétrole qui se trouverait dans le comté d'Escambia, en Floride. Miriam, elle, elle peut.

— Ils vont écouter ce qu'une femme a à leur dire ? demanda Lucille.

— Peut-être pas, intervint Billy. C'est pour ça qu'elle m'emmène. Juste pour être sûre. Je connais quelques détails – pas autant qu'elle, évidemment – mais je me contenterai de rester assis à côté d'elle avec l'air du type qui sait, comme ça elle pourra mener les négociations. J'étalerai la carte sur un bureau et elle indiquera les emplacements.

— D'accord, mais comment diable sait-elle où ils se trouvent ? », demanda Grace.

Billy haussa les épaules.

« Elinor les lui a montrés… », répondit Oscar.

Dans la famille Caskey, toute interrogation était toujours tuée dans l'œuf à la mention d'Elinor.

À vingt-deux heures, Grace annonça :

« Lucille et moi, on monte se coucher. Vous, les citadins, vous pouvez traîner au lit jusqu'à huit heures si vous voulez, mais en été nous, on doit se lever à quatre heures.

— Dans ce cas, bonne nuit, dit Oscar. Et merci de nous avoir tenu compagnie.

— Vous avez pris de quoi dormir ? demanda Lucille.

— C'est dans la voiture, répondit Billy.

— Ça ne vous dérange pas de partager le lit ? fit Grace.

— J'avais espéré qu'Elinor nous aurait appelés, soupira Oscar.

— Allez vous coucher. Vous n'aurez pas de nouvelles avant demain matin.

— Je vais être incapable de dormir, se lamenta Billy. Je sais que je vais attendre toute la nuit que ça sonne.

— Laissez la porte ouverte », dit Grace depuis la première marche de l'escalier, sa main posée sur celle de Lucille le long de la rambarde.

Elles montèrent. Oscar et Billy entendirent leur porte se fermer doucement. Ils restèrent encore une demi-heure dans la salle à manger à bavarder à voix basse, puis Billy sortit chercher leurs affaires dans la voiture. À leur tour, ils montèrent à l'étage, se changèrent et se mirent au lit.

« Je ne vais pas réussir à dormir non plus, dit Oscar. Je n'arrive pas à trouver le sommeil quand je ne suis pas dans mon lit. Et puis, ce n'est pas un matelas en plumes. Il me faut un matelas en plumes. Elinor aurait dû en charger un à l'arrière. La prochaine fois que je dois partir quelque part, j'en emporterai un, comme ça, je pourrai dormir.

— Vous pensez vraiment, dit doucement Billy, se tournant sur son oreiller pour faire face à son beau-père allongé les yeux grands ouverts à côté de lui, qu'Elinor sait si c'est un garçon ou une fille ?

— Bien sûr. Frances aussi le sait. Billy, tu veux bien te lever et allumer le ventilateur ? Peut-être que ça ira mieux s'il y a un peu d'air dans la pièce. »

Billy s'exécuta, avant de venir se camper au pied du lit.

« Frances aussi le sait ?

— C'est certain. Pourquoi crois-tu qu'elles se soient débarrassées de nous ?

— Parce qu'elles ne voulaient pas qu'on les gêne.

— Exactement. Et est-ce que tu te souviens de la dernière fois que Frances t'a dit de faire quelque chose et qu'elle n'a rien voulu entendre quand tu as refusé ?

— Ça n'est jamais arrivé.

— Voilà.

— Qu'est-ce que ça veut dire, alors ? demanda Billy, confus.

— Ça veut dire qu'elles savent quelque chose qu'elles ne veulent pas qu'on découvre. »

Billy fit le tour du lit et se recoucha.

« D'accord, chuchota-t-il, mais qu'est-ce que c'est ?

— Billy, tu comptes parler toute la nuit ? »

Comme il l'avait prédit, Oscar ne réussit pas à s'endormir. À ses côtés, Billy ne ferma pas l'œil non plus parce qu'il était inquiet pour sa femme et impatient de savoir si son enfant était né. De l'autre côté du couloir, Lucille et Grace se tournaient et se retournaient dans leur lit sans parvenir à dormir parce qu'elles avaient bu trop de café après le dîner. Dans son berceau au pied du lit, Tommy Lee aussi s'agitait à cause de la chaleur et de la guêpe qui bourdonnait au plafond.

À Perdido, Sister se tenait bien droite parmi ses oreillers. Sa lampe de chevet était allumée et elle feuilletait une grosse pile de magazines, découpant fiévreusement des recettes de cuisine. À l'autre bout de la chambre, Miriam était assise à califourchon sur une chaise. Les bras croisés sur une petite table en osier, elle tournait patiemment le bouton d'un poste de radio à la recherche des stations de nuit.

La chaleur, l'inquiétude, le matelas, l'excitation, les insectes, la caféine ou l'odeur de la rivière les tenaient tous éveillés.

Au son d'un cri bref et aigu, Sister redressa brusquement la tête de son magazine.

« Qu'est-ce que c'était ? »

Miriam se leva et alla à la fenêtre, scrutant l'unique lumière qui brillait dans la maison de ses parents.

« C'était Frances. Elle doit être encore en plein travail.

— Elles devraient faire venir Leo Benquith immédiatement.

— Leo est tellement vieux, dit Miriam, impassible. Si c'est moi qui étais en train d'accoucher, tu sais qui j'aimerais avoir avec moi ?

— Qui ?

— Elinor et Zaddie, répondit-elle en se rasseyant et continuant à tourner le bouton de la radio.

— Tu n'auras jamais d'enfant », lâcha Sister avec un haussement d'épaules.

Dans la chambre de Frances, seule la lumière de la coiffeuse était allumée. Elinor était étendue dans le lit à côté de sa fille et lui tenait les mains. Sur la taie d'oreiller, les cheveux de Frances étaient emmêlés et moites de sueur. Elle fixait le plafond d'un œil vide. Zaddie était assise sur un petit siège à bascule en acajou au pied du lit. « C'est pour bientôt », remarqua-t-elle.

Elinor acquiesça.

« Tout est prêt ? »

Frances eut un sursaut nerveux. Ses draps étaient trempés. On avait repoussé les couvertures qui pendaient comme des rideaux au bout du lit. Elinor serra les mains de sa fille encore plus fort. Celle-ci gémit et essaya de rouler sur le côté. Quand sa mère l'en empêcha, Frances se mit à se tortiller.

Zaddie se leva, prête à venir en renfort. Frances se calma.

« Mademoiselle Elinor, est-ce que ça va aller ? demanda Zaddie. Elle a pas l'air bien.

— Elle est inquiète.

— C'est normal d'être inquiet pour son premier. »

Elinor acquiesça et regarda sa fille, dont les yeux étaient vitreux et la bouche pendante.

« Je me rappelle quand Mademoiselle Frances est née, dit Zaddie, songeuse.

— Tu te rappelles autre chose ? demanda Elinor d'un ton insistant.

— Comment ça ?

— Tu te rappelles ce que j'ai fait la nuit où Frances est née ? »

Zaddie fit lentement non de la tête.

« Si, tu t'en souviens parfaitement, Zaddie. Ne me dis pas le contraire.

— Mademoiselle Elinor, j'ai grandi dans cette maison. Je n'ai jamais habité ailleurs. Et je suppose que je vais vieillir ici. Je ne me suis jamais mariée. Je n'ai jamais fréquenté d'hommes, parce que je suis entièrement dévouée à vous.

— Tu es à moi, acquiesça Elinor.

— Depuis que je vis dans cette maison, poursuivit Zaddie, j'ai vu des choses et entendu des choses. Mais ça veut pas dire que je fais attention. Tout ce que je sais, c'est que je suis à votre service et que je le serai jusqu'à ce que je sois vieille.

— Bien. Et tu sais ce que ça veut dire ?

— Quoi ?

— Ça veut dire que tu ne t'enfuiras pas cette nuit, quoi qu'il arrive et quoi que tu voies. Tu es... »

Frances se redressa soudain en poussant un cri.

D'un bras, Elinor la rallongea sur les draps humides. Elle souleva sa robe de nuit par-dessus son ventre énorme et distendu.

« Voilà ! s'écria Zaddie. Il arrive !

— Elle », corrigea Elinor en frottant du bout des doigts le globe brillant et mouillé qui commençait à sortir d'entre les jambes de Frances.

Celle-ci hurlait et tremblait tandis que Zaddie tenait ses bras secoués de spasmes.

Au bout d'une minute, les épaules du nourrisson apparurent. Elinor les prit délicatement entre ses mains pour faciliter leur sortie. Bientôt, l'enfant fut libre. Alors elle coupa rapidement le cordon ombilical.

« Tiens, Zaddie, prends-la », dit-elle précipitamment.

Frances continuait à crier et à s'agiter. Les yeux

écarquillés par la peur, Zaddie s'exclama :

« Oh mon Dieu, il y en a un autre !

— Prends le bébé », insista Elinor.

La domestique lâcha Frances, dont les bras retombèrent tels deux poids morts sur le lit. Elle ne bougeait plus. Zaddie ramassa un lange et prit le nouveau-né des bras d'Elinor.

« Éteins la lumière », ordonna cette dernière.

Le minuscule bébé recouvert d'une substance blanchâtre dans les bras, Zaddie se tenait comme pétrifiée.

« Mais on y verra rien !

— Éteins la lumière, répéta Elinor. Maintenant ! »

Zaddie fit ce qu'on lui demandait, mais au passage elle entrevit une seconde tête émerger du corps frêle de Frances qui se soulevait silencieusement. Cette tête était gris-vert et paraissait *onduler*. Juste avant que ses doigts n'atteignent l'interrupteur et que la chambre ne soit plongée dans le noir, la domestique vit deux yeux grands ouverts, parfaitement ronds et vitreux, en dessous desquels deux orifices noirs faisaient office de nez.

Le nourrisson serré dans ses bras, Zaddie se tint immobile, à l'écoute. Du lit lui parvint un bruit, comme quand on décolle lentement sa botte d'une flaque de boue. Puis quelque chose qui s'agite, suivi de respirations profondes d'Elinor, et enfin le claquement sec d'un coup de ciseau. Quelques secondes plus tard, Elinor lança : « Tu peux rallumer. »

Zaddie tâtonna à la recherche de la lampe, que dans sa hâte elle renversa, avant de la redresser et d'actionner l'interrupteur.

Inerte et épuisée, Frances souriait. Au pied du lit, Elinor berçait dans ses bras le second enfant. Un lange le masquait à la vue de Zaddie.

Frances tendit les bras vers la domestique, réclamant sa fille.

« Dix doigts, compta Elinor. Et dix orteils pour ta petite fille. »

Posant le nourrisson sur Frances, Zaddie s'avança vers Elinor. Celle-ci recula.

« Il est vivant ? », lui demanda la domestique à voix basse.

Le lange gigotait avec tant de violence que Elinor faillit le faire tomber. Soulevant un coin pour regarder en dessous, elle éclata de rire.

« Maman, dit Frances, laisse-moi la voir. »

Elinor lança un coup d'œil à Zaddie.

« Va laver le bébé, lui dit-elle. Dans la salle de bains. Et ferme la porte derrière toi. »

Zaddie reprit le nouveau-né et quitta la chambre. Elle alluma la lumière et se tourna pour fermer derrière elle. Elinor avait fait le tour du lit et présentait le bébé emmailloté à la jeune maman. Alors que la domestique tirait la porte, elle entendit Frances pousser un cri. Cette fois ce n'était pas un cri de douleur, mais d'épouvante et de désespoir.

« Non, dit sévèrement Elinor à sa fille. Ne détourne pas les yeux. Regarde-la.

— *La ?!* s'écria Frances, se renfonçant le plus possible dans les oreillers moites.

— Deux petites filles, dit doucement sa mère. Des jumelles.

— Maman, comment peux-tu appeler cette chose…

— Prends-la dans tes bras, ma chérie.

— Je ne peux pas !

— Si », répondit Elinor en tendant le lange vers Frances.

Un coin se déplia et Frances aperçut des yeux plats et mouillés de la taille de pièces de monnaie qui la fixaient. Elle secoua la tête avec véhémence.

« Seigneur, rit Elinor, à quoi crois-tu que tu ressemblais ?

— À ma naissance ? fit Frances, les yeux écarquillés de stupeur.

— Non, mais juste après. Quand je t'ai amenée à la rivière pour te baptiser. Avant que la digue ne soit construite, dit Elinor en faisant un câlin à sa petite-fille à l'évocation de cet heureux souvenir. Zaddie m'avait suivie jusque là-bas en plein milieu de la nuit parce qu'elle se demandait ce que j'allais faire de toi. Elle m'a vue te jeter dans l'eau…

— Tu m'as jetée dans la rivière ?!

— Évidemment. Et Zaddie a plongé et t'a sortie de l'eau. Sauf que tu ne ressemblais pas du tout à la petite Frances Caskey née ce matin-là, mais à ceci. »

À ces mots, elle découvrit le nourrisson et avant que sa fille puisse protester, le posa de force entre ses bras.

Avec une moue de dégoût, Frances réprima un frisson et tenta de redonner le bébé à sa mère, mais celle-ci s'était écartée.

« Fais attention, la mit-elle en garde. Elle est glissante. »

Un instant, Frances eut l'air sur le point de jeter le nouveau-né loin d'elle, mais ce dernier poussa un petit cri, tel un chaton tombé dans un seau d'eau. D'instinct, Frances le pressa contre sa poitrine. Les miaulements mouillés s'intensifièrent.

« Qu'est-ce qui ne va pas ? Pourquoi pleure-t-elle ?

— Elle est en train de se noyer.

— Se noyer ?!

— À cause de l'air. Elle a besoin d'être dans l'eau.

— Elle va mourir ? », demanda Frances, la voix tremblante.

Elinor secoua la tête.

« Il faut juste que je l'emmène à la rivière et que je la plonge dedans. Tout ira bien.

— Qui va prendre soin d'elle ? »

Elinor garda un instant le silence.

« Tout ira bien, répéta-t-elle enfin.

— Maman, tu es sûre ?

— Je croyais que tu ne voulais pas d'elle.

— Eh bien, dit Frances qui tenait encore l'étrange bébé contre sa poitrine pour ne pas avoir à le regarder en face, c'est juste que je ne veux pas que Billy la voie, ni même Zaddie… ajouta-t-elle en lançant un coup d'œil nerveux à la porte, comme si elle avait jusque-là oublié que la domestique et son autre bébé se trouvaient tout à côté.

— Ne t'inquiète pas, elle ne sortira que quand je le lui dirai, la rassura Elinor.

— Mais je ne veux surtout pas qu'elle meure.

— Regarde-la, ma chérie. »

Des larmes se formèrent au coin des yeux de Frances.

« Je n'y arrive pas.

— Tiens-la devant toi et regarde à quoi ta petite fille ressemble. C'est le moment le plus heureux de ta vie de mère. »

Avec réticence, Frances obéit.

Sa fille gigota.

« Maman, c'est la chose la plus laide que j'aie jamais vue, dit-elle d'une voix tremblante.

— Voyons, mon enfant, rit Elinor. Un jour, je vais grimper au sommet de la digue et jeter un miroir dans la Perdido.

— Pourquoi ?

— Pour que tu voies à quoi *toi* tu ressembles sous l'eau. »

Frances posa les yeux sur sa fille, et ce fut avec un regard neuf qu'elle contempla le nouveau-né qui se tortillait vigoureusement dans ses bras.

LA FAMILLE DE BILLY

Zaddie resta une heure avec le nouveau-né dans la salle de bains attenante à la chambre de Frances ; elle savait qu'il ne valait mieux pas se risquer à sortir sans y avoir été invitée. Au cours des années passées au service d'Elinor, elle avait appris à taire toute curiosité pour ce qu'on ne lui disait pas directement. Après avoir patienté un long moment assise sur le rebord de la baignoire, le nourrisson sur les genoux, elle entendit enfin qu'on frappait un coup à la porte. Elle se leva et ouvrit. Elinor, qui tenait encore le paquet de langes emmailloté, traversait la chambre pour rejoindre l'extrémité du lit. Celui-ci était souillé d'une large tache de sang, d'eau et d'une matière visqueuse gris-vert que Zaddie n'avait jamais vue auparavant, ainsi que de deux cordons ombilicaux – l'un, charnel et sanguinolent, semblable à n'importe quel cordon ombilical, l'autre gris, lisse et sans la moindre trace de sang.

Frances qui, encore nue, avait essuyé presque toutes les preuves de la double naissance, se tenait à présent assise à sa coiffeuse et se brossait les cheveux. Ses gestes étaient faibles et comme décousus. Son teint était pâle et elle semblait triste. Pourtant elle se tenait droite, comme pour donner l'impression de reprendre rapidement de la vigueur. Zaddie lui tendit le nourrisson.

« Regardez comme elle est belle ! », fit-elle.

Frances regarda sa fille et eut un sourire absent.

« Zaddie, dit Elinor, Frances et moi allons sortir quelques minutes.

— Mais ! », s'écria la domestique, choquée.

Frances se leva avec précaution.

« Seigneur, je me sens tellement vide ! rit-elle en marchant jusqu'à la penderie pour en sortir un peignoir. Je n'arrête pas de me regarder et de me demander où est allée toute une partie de moi. »

Se rappelant un épisode survenu il y a longtemps, Zaddie lança :

« Mademoiselle Elinor, vous allez faire attention avec cette petite, hein ?

— Elle, elle reste ici. »

La domestique parut rassurée. Elle regarda le paquet emmailloté dans les bras d'Elinor et poursuivit : « C'est si triste, Mademoiselle Frances, quand un bébé est mort-né. »

À cet instant, les langes bougèrent, mais si Zaddie le vit, elle n'en laissa rien paraître. Elle avait décidé que l'autre enfant de Frances Caskey n'avait pas survécu à l'accouchement. De ce qu'elle en avait vu alors qu'il émergeait du corps épuisé de sa mère, c'était mieux ainsi. S'il était encore en vie, quelle meilleure alternative avaient-elles que de le jeter dans la rivière ? Quoi qu'il en soit, Zaddie resterait muette.

Frances enfila une paire de sandales.

« Maman, je suis prête.

— Mademoiselle Frances, vous n'allez quand même pas sortir !

— Ma chérie, tu n'es pas obligée de venir, dit Elinor. Tu peux rester ici. Appelle Billy et Oscar, si tu veux. Je serai de retour bien avant eux.

— Je veux venir avec toi, maman. Après tout, dit-elle en lançant un regard au lit souillé, il s'agit de ma fille. Mon *autre* fille. »

Tâchant d'ignorer cette conversation, Zaddie concentra son attention sur le nourrisson dans ses bras, qu'elle caressait délicatement en lui fredonnant une mélodie sans paroles.

« Zaddie, l'interpella Elinor.

— Oui, mademoiselle ?

— Tu sais quoi dire si on te demande quoi que ce soit, n'est-ce pas ?

— Que Mademoiselle Frances a accouché du plus joli petit bébé qu'on ait jamais vu.

— Et c'est tout.

— Qu'est-ce que je pourrais raconter d'autre ?

demanda-t-elle, imperturbable.

— Rien, approuva Frances en caressant son aînée sous le menton. Il n'y a rien d'autre à dire.

— On n'en aura pas pour longtemps, reprit Elinor. Ne réponds pas au téléphone s'il sonne et n'allume aucune autre lumière. Je ne serais pas surprise que Sister soit en train de nous épier par la fenêtre. Si elle voit toute la maison s'éclairer, elle va sûrement appeler Oscar pour le prévenir.

— J'avais pris garde de mettre deux protège-matelas là-dessous, dit Zaddie en pointant fièrement le lit. Rien n'a pu traverser. Mais si Monsieur Billy rentre cette nuit, ne vous couchez pas dedans. Allez dormir ailleurs, demain je nettoierai la chambre de fond en comble. Ça sent fort la rivière ici. Mademoiselle Frances, faites attention là-bas. Gare à pas trébucher. J'aurais préféré que vous restiez ici avec moi. Que diraient les gens s'ils savaient que vous vous baladez dans la nature juste après avoir donné naissance à votre petite fille ?

— Ne t'inquiète pas pour moi, Zaddie, ça va aller, la rassura Frances. Maman va m'accompagner, et elle marchera très lentement. Je vais faire attention, je te le promets. »

Il était minuit passé. Laissant sa fille aînée aux soins de Zaddie, Frances prit son autre fille des bras d'Elinor et descendit prudemment l'escalier plongé dans le noir. Sa mère la précédait, ouvrant les portes et s'assurant qu'aucun meuble ne fasse obstacle à sa progression.

« Je vois parfaitement », dit Frances.

Elles sortirent par la porte de la tonnelle et ne dirent plus un mot. Chez Sister, les lumières étaient allumées et l'une comme l'autre n'avaient aucune envie d'attirer son attention avec leurs paroles.

Dissimulées par les chênes d'eau, Elinor et Frances avancèrent le long de la digue jusqu'à arriver au bas des marches en béton. Elles les gravirent avec lenteur et précaution, mais Frances s'essouffla rapidement et faillit plus d'une fois laisser échapper un cri de douleur. Cependant elle ne s'arrêta pas, si bien qu'elles furent bientôt au sommet, masquées par l'épais feuillage des arbres qui y avaient pris racine. Devant elles, la Perdido coulait nerveusement dans son lit. En cette nuit calme, sa voix et son odeur étaient pour Frances d'une écrasante – et rassurante – familiarité.

« Alors ? fit Elinor au bout d'un instant.

— Maman, chuchota Frances en scrutant son nourrisson dont les yeux humides en forme de pièces luisaient dans le noir. Je suis censée la jeter dedans ? De cette hauteur ?

— Non, je vais la descendre jusqu'à la berge et la déposer dans l'eau.

— Tu es sûre qu'il ne va rien lui arriver ?

— Ma chérie, dit Elinor en caressant sa petite

fille dans les bras de Frances, tu penses sincèrement que je voudrais tuer cette adorable créature ? Moi, je ne la trouve pas laide du tout, bien au contraire ! ajouta-t-elle en glissant affectueusement un doigt dans la bouche sans lèvres du nouveau-né et jouant avec sa langue noire et gonflée. Bien au contraire !

— Mais qui va s'occuper d'elle ? »

Elinor prit l'enfant et se débarrassa des langes dans lesquels elle avait été emmaillotée.

« Il y en a d'autres là-dessous ? insista Frances. Quelqu'un qui va s'assurer qu'elle mange à sa faim ? »

Sans se donner la peine de répondre, Elinor se laissa glisser le long de la pente en direction de la rivière, en s'aidant des jeunes troncs d'arbres.

Après avoir hésité, Frances la suivit malgré son bas-ventre qui battait douloureusement au rythme de son cœur.

« Mais que mange-t-elle en fait ? », chuchota-t-elle plus fort, sans que sa mère daigne une nouvelle fois lui répondre.

Frances trébucha contre des ronces, s'égratignant le bras droit et la jambe.

« Frances ! lança Elinor en s'arrêtant.

— Je vais bien, maman », répondit-elle d'une voix lasse un instant plus tard en se relevant péniblement.

Lorsque Elinor eut atteint la berge, elle tendit le bras. Frances avait descendu les derniers mètres et vint s'accrocher à la main de sa mère. Elinor pressa la sienne.

« Reprends ton souffle.

— Comment est-ce que je vais remonter ? soupira Frances.

— Tu n'aurais pas dû m'accompagner.

— Maman, c'est ma fille.

— Je suis heureuse que tu dises ça, répondit Elinor avec fierté. Parce que c'est vrai, c'est ta fille. »

Elles se tenaient sur un banc de sable. Tout autour d'elles, des grillons stridulaient parmi le kudzu. Lorsque Frances eut recouvré son souffle, Elinor s'avança dans l'eau. Ôtant son peignoir, Frances prit la main de sa mère et la suivit.

« Donne-la-moi », dit-elle.

Elinor lui rendit l'enfant.

Ensemble, mère et fille s'avancèrent dans les flots noirs et tumultueux.

Zaddie resta deux heures dans le siège à bascule en acajou de la chambre de Frances, le nourrisson dans les bras. Elle se balançait patiemment, attendant le retour d'Elinor et Frances, et s'efforçant de ne pas penser au second bébé, l'autre jumeau, l'enfant né déformé qui désormais n'était plus. Zaddie avait toute confiance en Elinor et l'aimait tendrement ; jamais elle n'aurait songé à remettre en question le moindre de ses actes ou de ses mots.

Le téléphone sonna deux fois, mais Zaddie ne décrocha pas.

Elinor et Frances rentrèrent peu après trois heures du matin. Toutes deux portaient uniquement un peignoir, et leurs cheveux étaient emmêlés et mouillés.

« Comment va-t-elle ? murmura Frances en faisant des chatouilles à sa fille dans les bras de Zaddie.

— Elle a faim.

— Passe-la-moi alors, dit Frances en prenant l'enfant avant de s'allonger dans le lit, d'écarter son peignoir pour donner le sein au bébé. Maman, reprit-elle en levant la tête vers Elinor qui essayait de défaire les nœuds dans sa chevelure humide sur le seuil de la porte. Tu devrais peut-être appeler Billy et papa. »

Elinor acquiesça et traversa le couloir jusqu'au téléphone. Un instant plus tard, Frances et Zaddie l'entendirent parler à voix basse.

« Zaddie, dit Frances, maman et moi avons laissé des empreintes dans toute la maison. Est-ce que tu pourrais nettoyer ça avant que Billy et papa ne rentrent ?

— Oui, mademoiselle.

— Zaddie ?

— Oui ?

— Merci.

— Pas de quoi. »

Zaddie s'en alla, mais elle s'arrêta à la porte en entendant Frances la rappeler. La domestique se retourna.

« Ne t'en fais pas pour l'autre. Elle va bien. »

Billy et Oscar rentrèrent à quatre heures ce matin-là. Mais aucun des deux n'alla se coucher. Billy resta assis sur le siège à bascule en acajou, sa petite fille dans les bras, tandis qu'Oscar et Elinor discutaient dans la véranda. Épuisée, Frances sombra dans un sommeil sans rêve. Queenie arriva à cinq heures, arguant qu'elle ne pouvait pas dormir et qu'elle voulait voir le nouveau-né. Miriam vint à six, sous prétexte que leurs voix l'avaient réveillée et que quelqu'un ferait bien de montrer l'enfant à Sister avant que celle-ci ne fasse un infarctus.

Bien plus tard ce matin-là, Frances emmena donc sa fille dans la maison voisine pour lui présenter Sister, laquelle passa un long moment à s'émerveiller du bébé et à lui faire des gazouillis.

« J'aurais tellement aimé avoir une fille, soupira-t-elle. Comment allez-vous l'appeler ?

— On s'est mis d'accord pour Lilah, répondit Frances.

— Si seulement vous en aviez eu une deuxième, vous me l'auriez donnée pour qu'elle me tienne compagnie. »

Frances éclata de rire.

« Qu'est-ce que j'ai dit de si drôle ? », s'offusqua Sister.

Frances n'en rit que plus fort.

Le docteur Benquith examina soigneusement le nourrisson et le jugea bien portant et en parfaite santé. Il réprouva le choix qu'avait fait Frances d'accoucher chez elle – tellement de femmes se rendaient à l'hôpital de nos jours, ce qui était une sage décision si on voulait son avis. En outre, elle n'avait même pas fait appel à une sage-femme, il aurait pu arriver n'importe quoi.

« Maman était là, rétorqua Frances. Zaddie aussi. Tout s'est bien passé. »

Après la naissance de leur fille, Billy nota un changement radical chez son épouse. En une seule nuit – quelques heures durant lesquelles il avait été chassé de la maison –, elle paraissait soudainement avoir mûri et hérité de l'autorité et de l'autonomie des femmes Caskey. Elle n'était ni agressive ni exigeante ; ce n'était pas du tout sa nature. Mais elle savait désormais ce qu'elle voulait et n'hésitait plus à le dire. Alors qu'elle avait auparavant accepté toute opinion ou volonté qui ne fût pas la sienne, voilà qu'elle considérait ses désirs comme équivalents à ceux de n'importe qui. Elle n'était plus aussi dépendante qu'auparavant. Elle annonça à Billy : « Tu devrais peut-être te chercher une vraie secrétaire. Ça va être difficile pour moi maintenant de m'absenter tous les jours et de laisser notre fille à la maison avec Zaddie. Elle a déjà assez à faire. »

Billy approuva cette décision et embaucha une jeune fille sortie du lycée qui avait obtenu d'excellentes notes à ses cours de dactylographie et de comptabilité. Elle s'avéra bien plus utile à Billy que ne l'avait été Frances, dont les principales qualités avaient résidé dans sa loyauté et dans son empressement à effectuer la moindre tâche, plutôt que dans ses compétences en matière de secrétariat.

Billy s'en trouva satisfait. Il avait réellement besoin d'une aide plus efficace pour s'occuper des finances des Caskey. À la scierie, Miriam ne cessait de gagner en responsabilités à présent que son père lui cédait chaque jour plus de pouvoir. Sous la direction rigoureuse de la jeune femme, l'entreprise prospéra comme jamais auparavant, même au plus fort de la guerre.

Sa stratégie pour obtenir de nouveaux contrats était inédite. Elle recruta des démarcheurs de Pensacola et de Mobile pour aller solliciter des compagnies de bois de charpente. Elle discuta avec les principaux constructeurs de Floride et d'Alabama, leur offrant d'importants rabais pour des gros volumes de commandes. Elle acquit de meilleures machines afin d'accroître la productivité. Elle employa même un homme dont la seule tâche consistait à surveiller que tout était fait correctement. Elle eut recours aux services d'une société de comptables en Alabama pour la conseiller sur la meilleure façon de payer le moins d'impôts possible au gouvernement. Elle sillonna l'État à la recherche d'agriculteurs mourants et de veuves d'agriculteurs afin de leur racheter leurs terres. On racontait même qu'elle avait assisté à plus d'enterrements que n'importe qui dans le pays. Elle était infatigable. Les coffres des Caskey se remplissaient toujours plus.

Billy investissait tous ces nouveaux capitaux. Après s'être occupé des affaires de la scierie, il s'attela aux obligations, aux actions en bourse et prêts personnels, auxquels nul membre de la famille ne comprenait quoi que ce soit. « Alors, Billy, lui demandait-on parfois, qu'as-tu fait de notre argent dernièrement ? » Il fit installer une ligne téléphonique reliée spécialement à des courtiers de la Nouvelle-Orléans, d'Atlanta et de New York. Il embaucha un lycéen pour ne rien faire d'autre que rester assis toute la journée dans le couloir devant le bureau et envoyer des télégraphes à Monsieur Jett, le directeur de la Western Union situé à côté du *Ben Franklin*.

Toutes les semaines, il préparait des enveloppes pleines à craquer de billets pour chaque membre de la famille ; il réglait par chèque toutes les factures entrantes ; une fois par mois, il dressait un bilan des possessions de chacun. Ce document était toujours source d'étonnement pour les Caskey. Queenie confia un jour à Billy :

« Pourquoi ne nous grondes-tu jamais de dépenser autant d'argent ? Je dois me retenir pour ne pas filer à Pensacola et dévaliser toutes les boutiques de robes de la ville !

— Queenie, répondit-il en riant, tu es tellement riche qu'il faudrait que tu ailles à Pensacola dépenser de l'argent tous les jours de huit heures à dix-huit heures pendant deux ans, et alors seulement je pourrais te demander de te calmer un peu, mais pas avant. »

Queenie fut ravie de l'entendre. Elle n'avait jamais imaginé jusque-là, même dans ses rêves les plus fous, qu'un jour viendrait où elle aurait plus d'argent qu'elle ne pourrait en dépenser.

Les Caskey finirent par apprendre que Miriam avait l'intention de forer la terre à la recherche de pétrole dans le marais au sud de Gavin Pond. Queenie et Sister trouvèrent l'idée sotte, ils étaient tous déjà assez riches ; en outre Lucille, Grace et Tommy Lee risquaient d'être furieux qu'une telle opération se déroule aussi près de chez eux. Cependant, Grace s'était faite au projet, notamment suite aux efforts de Lucille qui, chaque fois qu'elles évoquaient le sujet, affirmait que s'il y avait bien du pétrole dans le marécage, Grace et elle seraient à la tête de la ferme la plus riche du comté d'Escambia. Elles pourraient alors acheter dix taureaux aux pedigrees exceptionnels et déblayer quatre cents hectares de terrain supplémentaires pour les plantations de soja, coton, maïs et arachide. Elles achèteraient également six tracteurs, feraient construire une nouvelle étable et creuser un deuxième étang. Elles ajouteraient une aile à la maison. Grace était si excitée qu'elle appela Miriam : « Quand vas-tu démarrer cette affaire ? Lucille et moi, on ne peut pas attendre indéfiniment que l'argent coule à flots. »

Miriam recruta des géomètres et des géologues issus de l'université du Texas, qu'elle fit venir à Perdido. Après un déjeuner chez Elinor, elle les emmena à Gavin Pond et les présenta à Lucille et Grace, avant de les laisser explorer le terrain avec leurs instruments de mesure et leurs registres.

Leur rapport fut conforme aux attentes de Miriam : le marais réunissait toutes les conditions nécessaires pour abriter de vastes réserves de pétrole.

Avec ces munitions, Miriam put se préparer à affronter Houston.

Une fois qu'elle eut officiellement demandé à Billy de l'accompagner, celui-ci dit à sa femme :

« Est-ce que ça te dérange si je pars avec elle ?

— Bien sûr que non, répondit Frances. Elle pourrait avoir besoin de toi, là-bas. Même si ça semble difficile à imaginer, connaissant Miriam. »

Pendant leur séjour de dix jours, Miriam et Billy avaient planifié plusieurs rendez-vous avec des compagnies pétrolières de Houston. Miriam comptait leur montrer un plan topographique de la zone ainsi que le rapport des géologues et des géomètres, et leur demander des conseils pour la suite des opérations.

Par une chaude après-midi d'août, alors que Miriam était assise face à lui dans son bureau, Billy se risqua à lui demander :

« Tu es sûre que c'est comme ça qu'on procède généralement dans le pétrole ?

— Non, répondit-elle, imperturbable. Mais c'est comme ça que je vais faire.

— Et s'ils te rient au nez ? Je veux dire... qui ne rirait pas si on lui annonçait qu'il y a du pétrole en Floride ? Personne n'a jamais entendu ça ! Est-ce qu'ils ne vont pas nous dire de retourner pêcher des alligators ?

— Peut-être. Mais dans deux ans, c'est moi qui leur rirai au nez.

— Comment peux-tu être si sûre de toi ?

— Eh bien, poursuivit Miriam d'un ton pensif, il se trouve que j'ai confiance en ce que dit Elinor. Et elle dit qu'il y a du pétrole là-dessous. »

Billy sourit et leva un sourcil. Une des jambes de son pantalon s'étant prise dans le ventilateur sous le bureau, il se pencha pour l'en dégager – c'était la raison pour laquelle les revers de ses pantalons étaient toujours élimés. Lorsqu'il releva la tête, Miriam arpentait lentement la pièce, un journal roulé à la main, suivant une guêpe qui s'était introduite par la fenêtre.

« Et comment est-ce que Madame Caskey sait qu'il y a du pétrole dans ce coin ? demanda-t-il.

— Comment diable je le saurais ? », répondit Miriam en assommant l'insecte d'un geste précis. Quand la guêpe tomba étourdie au sol, elle l'écrasa sous son pied et envoya son cadavre valser sous la bibliothèque. « Mais je suis convaincue qu'elle le sait, et c'est tout ce qui compte. Elinor m'a peut-être abandonnée quand j'étais bébé. Elle ne m'a peut-être jamais donné un dixième de l'amour qu'elle a donné à Frances. Elle ne m'aime peut-être même pas autant qu'elle t'aime *toi*, Billy. Mais elle ne me ment pas. C'est quelque chose que je ne peux pas lui retirer. Si Elinor me dit, à moi, en secret, qu'il y a du pétrole sous ce marais, alors je vais ramer jusque là-bas avec une pompe dans mon canot.

— Je pense que tu prends un risque.

— Je me fiche de ce que tu penses, dit-elle avec désinvolture. Je veux juste savoir si tu es d'accord pour m'accompagner à Houston.

— Évidemment. Je te l'ai déjà dit. »

Miriam se rassit et déplia le journal qui avait servi à tuer la guêpe.

« Je me demande si on ne devrait pas faire semblant d'être mariés et donner l'impression que c'est toi qui diriges les opérations. »

Billy éclata de rire.

« Personne n'y croira jamais !

— Je suppose que non », répondit la jeune femme avec complaisance.

L'ARGENTERIE

Alors que Frances n'avait émis aucune objection au départ de Billy pour le Texas, Sister piqua une colère terrible contre Miriam pour avoir organisé ce voyage. Elle clama qu'on l'abandonnait, qu'on la jetait en pâture aux loups, elle, une proie sans défense face aux voleurs, aux violeurs, et peut-être même à son mari.

Miriam écouta le délire de la vieille infirme depuis sa chambre tandis qu'elle faisait ses bagages. Assise à son chevet, Queenie collait patiemment dans un carnet les recettes que Sister avait découpées et dont elle savait pertinemment que personne ne les préparerait jamais.

Lorsque la voix de Sister retomba enfin, Miriam avait bouclé ses valises. Entrant dans la chambre de sa tante, elle annonça :

« Queenie va veiller sur toi comme elle le fait toujours. Et Ivey va dormir ici pour que tu ne sois pas seule la nuit. Le téléphone est posé sur ta table de chevet, tu peux appeler qui tu veux pour demander de l'aide en cas de besoin.

— Fais-moi tes adieux, Miriam, parce que je ne serai plus en vie quand tu reviendras », répondit Sister d'une voix geignarde.

Les sombres prédictions de Sister et ses accusations ne détournèrent pas le moins du monde Miriam de ses plans.

« Sister, tu ressembles de plus en plus à grand-mère.

— C'est faux !

— Je ne pensais pas voir ça un jour », plaisanta Miriam à l'adresse de Queenie.

Cette remarque fit définitivement taire Sister, qui ne s'opposa plus au départ de sa nièce.

Billy et Miriam s'en allèrent un dimanche après-midi, début septembre ; dès le mardi matin, ils avaient rendez-vous à Houston avec l'American Oil Company. Toujours dans leurs habits du dimanche, les Caskey étaient installés dans la véranda d'Elinor et, alors que le parfum du savon de Miriam flottait encore dans les airs, ils s'étaient lamentés sur leur brusque solitude. Oscar se leva et interpella Sister, à peine visible par la fenêtre de sa chambre, dans la maison voisine :

« Laisse Queenie et Bray te porter jusqu'ici, Sister !

— Ça me tuerait. Tu pourrais au moins avoir la décence de me laisser moisir en paix ! », hurla-t-elle en retour.

Sister fit la tête pendant les premiers jours de l'absence de Miriam. Il lui arriva même de renvoyer Queenie chez elle.

Un soir, alors qu'elle était seule dans sa chambre à feuilleter des magazines à la recherche de recettes qu'elle découpait soigneusement, elle se mit à les disposer sur le couvre-lit de manière à former de véritables menus de réception, des petits déjeuners pantagruéliques où le champagne coulait à flots – quoiqu'elle n'en eût jamais bu – et des brunchs princiers. Elle lut avec avidité l'exemplaire vieux de vingt ans du manuel de savoir-vivre *L'Étiquette* d'Emily Post, s'émerveillant de combien d'argenterie était nécessaire pour le déjeuner, et de combien il en était *à nouveau* nécessaire pour le thé, ainsi que du nombre de verres requis pour un seul dîner. À vingt-deux heures, elle appela Queenie et lui demanda d'un ton plein de récriminations :

« Où est passée l'argenterie de James ?

— Elle est ici. Elle n'a pas bougé.

— Apporte-la-moi que je la voie.

— Doux Jésus, Sister, tu sais combien de pièces il y a ? Fais venir deux ou trois brouettes et je te les renverrai chargées.

— Dans ce cas, apporte-m'en juste une ou deux caisses. »

Queenie ne discuta pas. Bien qu'ignorant pourquoi Sister en avait besoin, elle se rendit au cellier où une partie de cette argenterie était entreposée, et en sortit deux lourds coffrets en acajou. L'un contenait un set de couverts pour douze convives en argent massif, gravés d'un « C ». L'autre, une sélection hétéroclite d'ustensiles pour le service aux motifs divers. Beaucoup étaient des antiquités et avaient été conçus à des fins tellement obscures que Queenie fut incapable de dire à quoi ils pouvaient servir.

Les bras chargés des lourds coffrets, elle tapa du pied contre la porte-moustiquaire de Sister. Au bout d'un moment, Ivey se leva du lit pliant qu'on lui avait installé dans un coin de la salle à manger. Elle déverrouilla la porte, regarda Queenie avec étonnement et maugréa :

« Elle va vous tuer à la tâche.

— Retourne te coucher, Ivey, dit Queenie. Bonne nuit. »

Elle monta à l'étage avec son chargement, qu'elle posa à côté du lit de Sister.

« Il y en a encore, là-bas, pas vrai ? demanda cette dernière d'un ton anxieux.

— Beaucoup, acquiesça Queenie.

— Bien. Tu peux rentrer maintenant. Va dormir. Merci. »

Sister s'adossa à ses oreillers et écouta attentivement le bruit des pas de Queenie qui s'estompait dans la maison. Lorsqu'elle entendit la porte d'entrée se refermer, elle se redressa et déversa avidement le contenu des coffrets sur sa jambe blessée.

Pendant une heure, elle ramassa une à une les pièces d'argenterie, les examinant à la recherche de poinçons, de marques et d'éraflures, avant de les remettre avec précaution dans le coffret. Dans son esprit fiévreux, elle imaginait une vaste demeure à la campagne – un corps de ferme similaire à celui de Gavin Pond, mais en beaucoup plus luxueux – et les fastueuses réceptions qu'elle y donnerait. Elle rêvait d'inconnus bien habillés, d'innocents flirts et de plaisants quiproquos qui finissaient naturellement par se résoudre. Elle voyait des bouteilles de champagne dans des seaux à glace en argent et quatre repas par jour servis sur des nappes toutes différentes, avec de l'argenterie, de la vaisselle, du cristal et des bouquets de fleurs chaque fois renouvelés. Il y avait des cartons d'invitation, des cocktails au bord d'une piscine aux eaux d'un bleu limpide, et des enfants sous la surveillance d'une bonne au tablier immaculé. Elinor était présente, elle ressemblait à ce à quoi elle ressemblait maintenant, et Queenie avait un coin bien à elle dans le boudoir. Le bureau de Miriam avait vue sur la piscine ; Frances et Billy habitaient ailleurs, mais ils venaient leur rendre visite tous les jours à bord de la plus grosse automobile que quiconque eût jamais admirée. Lucille, Grace et Tommy Lee résidaient sur la propriété, dans un petit cottage dissimulé par les arbres, ils portaient des chapeaux à larges bords et des vêtements à motif fleuri, et ne se montraient pas avant dix-sept heures, quand ils sortaient se promener et serraient la main des convives en s'excusant pour leur retard. Parmi ce beau monde, il y avait Sister bien sûr, à l'aise, souriante et détachée, semblant être partout à la fois, qui saluait ses hôtes, s'assurait que Zaddie, Ivey et Roxie s'affairaient en cuisine, et donnait des instructions à Bray pour le jardin. Puis elle se laissait élégamment tomber dans un fauteuil moelleux à l'écart, le temps de reprendre son souffle entre ses si nombreuses exigences sociales. Early aussi évoluait dans sa rêverie. Il se tenait devant le grand portail en fer forgé, les mains crispées sur les barreaux, les jointures blanches, cherchant désespérément à entrer. Les grosses autos qui approchaient le klaxonnaient, le forçant à s'écarter afin de les laisser passer. Les lourdes grilles se refermaient avant qu'il ne puisse pénétrer dans la propriété.

À présent, la dernière pièce d'argenterie avait regagné son coffret. Alors que Sister hésitait entre les ressortir pour recommencer son inventaire, ou éteindre la lumière et essayer de dormir quelques heures, elle leva la tête. Early Haskew se tenait dans l'embrasure de la porte.

« Mais qu'est-ce que tu fiches ? », demanda-t-il.

Elle ferma les yeux et se renversa contre ses oreillers, priant pour que les grilles du portail claquent au nez de son mari.

Lorsqu'elle rouvrit les yeux, Early s'avança dans la chambre.

« Comment es-tu entré ? », demanda-t-elle, la voix tremblante.

Elle referma les coffrets d'un claquement sec.

« La porte était déverrouillée en bas. N'importe qui aurait pu entrer », répondit-il d'un ton désinvolte en s'asseyant. À presque cinquante-cinq ans, il était massif et rustaud. Sa peau, brûlée d'innombrables fois par d'innombrables soleils, était brune et tannée comme le cuir de vieilles bottes qu'on retrouve au fond d'un placard. Ses yeux injectés de sang et larmoyants étaient enfoncés dans leurs orbites. Les dents qui lui restaient étaient ébréchées et noircies. Il sentait la poussière argileuse, dont le rouge était visible sur les ourlets de son pantalon et sur ses bottes. Les manches de sa chemise étaient retroussées sur ses avant-bras, le maillot de corps en dessous était gris de crasse et de sueur.

« Qu'est-ce que tu fais là ?

— J'habite à Mobile. Tu ne le savais pas ?

— Non ! Comment je pourrais le savoir ?

— Tu aurais pu lire les lettres que je t'ai envoyées. Tu aurais même pu répondre à une ou deux d'entre elles.

— Difficile pour moi d'écrire, alors que je suis clouée dans ce lit.

— Je suis venu, dit Early en se balançant avec satisfaction, pour voir si tu étais enfin guérie.

—Est-ce que j'ai l'air de l'être ? Est-ce que j'ai l'air d'avoir quitté ce lit depuis le jour où je suis tombée dans les escaliers ?

—Tu me parais bien.

—Eh bien, je ne le suis pas, coupa-t-elle sèchement. On me sert matin et soir. Toute la journée, des personnes sont à mes ordres et vont et viennent pour veiller à ce que je ne manque de rien. Je suis prisonnière de ce lit.

—Je parie que tu pourrais marcher si tu essayais.

—Non, je ne pourrais pas.

—J'ai parlé à tes docteurs à Pensacola. Ils ont tous dit que tu devrais être sur pieds maintenant.

—Qu'est-ce qu'ils en savent ?

—C'est des docteurs, répondit-il en haussant les épaules. C'est leur métier de savoir. »

Sister jeta un œil à l'horloge.

« Il est une heure du matin. Qu'est-ce qui te prend d'entrer chez les gens en pleine nuit ?

—Je me sentais seul à Mobile. J'ai pensé que je pourrais venir à Perdido te rendre une petite visite.

—Et moi, je pense que tu peux faire demi-tour et retourner directement à Mobile. Je pense que tu devrais même continuer après Mobile, et rouler tout droit jusqu'au bout du monde, en ce qui me concerne. »

Early continua à se balancer sans rien dire.

Sister appela Ivey d'une voix aiguë, encore et encore. Au bout d'un moment, celle-ci apparut à la porte dans sa large robe de chambre.

« Salut, Ivey, comment va ? fit Early.

— Bonjour, m'sieur Early.

— Téléphone à la police, commanda Sister. Dis-leur de venir chercher cet homme.

— Ne fais pas ça, Ivey, dit doucement Early.

— Non, Monsieur, répondit la domestique en reculant d'un pas dans l'obscurité du couloir. Tout ça, c'pas mes affaires.

— Ivey, je vais te renvoyer, la menaça Sister.

— D'accord, Madame. »

Sister croisa ses bras sur sa poitrine et les serra fermement, tout en dévisageant son époux.

« C'est moi qui vais appeler la police, dit-elle avec calme.

— Pour leur dire quoi ? Que ton mari t'a rendu visite et qu'il est entré dans une maison dont la porte était grande ouverte ? »

Sister ne décrocha pas le combiné.

« Pourquoi tu me traites comme ça ? poursuivit-il avec curiosité. Pourquoi tu es si méchante avec moi, Sister ? T'as pas toujours été comme ça. Tu te mets à agir comme ta mère.

— Je ne suis pas comme Maman, protesta-t-elle en se mettant à pleurer. Je n'ai rien à voir avec elle. Maman n'aurait jamais pleuré », ajouta-t-elle derrière ses larmes.

Early n'eut aucune réaction.

« Je me sens si seul, finit-il par dire. Tu me manques. Même ma vieille mère me manque. Je me suis trouvé un chien, mais il s'est fait écraser par une voiture. J'ai pensé à en prendre un autre, puis je me suis dit que lui aussi finirait écrasé, donc je n'ai rien fait. J'ai plein d'argent. La plupart des gens ignorent à quel point je suis riche. Mais je ne dépense rien. Je me contente de tout mettre à la banque, parce qu'il n'y a rien qui me fait envie. Je me suis acheté une petite maison, et j'ai embauché une domestique qui vient me faire à manger. Ah, Sister, si tu savais comme elle cuisine bien... Bon, pas aussi bien qu'Ivey, mais quand même. J'ai un petit jardin envahi par les lys d'un jour. Pas un brin d'herbe ne pousse, juste des fleurs. Si tu avais pu voir ça en mai ! Tu n'aurais jamais vu autant de jaune et d'orange. Si je voulais, je n'aurais même plus besoin de travailler. J'ai construit un pont à Bayou La Batre, où j'ai mangé assez de crevettes pour toute une vie. Un jour, j'ai même fait une balade en mer à bord d'un canot de pêche, et j'ai passé la foutue journée à boire de la bière et à manger des crevettes. J'arrêtais pas de penser comme j'aimerais que tu sois là quand j'allais rentrer à la maison. Et qu'un peu de compagnie, ça me ferait pas de mal. »

Sister essuya ses larmes avec un coin du drap et s'enfonça plus profondément dans le lit.

« Dans quelques années, j'aurai soixante ans. Seigneur, avant ça me paraissait si vieux ! Plus maintenant. J'aurais aimé qu'on ait des enfants, toi et moi, mais ça ne s'est pas fait. Parfois je me dis que tu es morte. Et puis je me rappelle que non, que tu veux juste plus me voir. C'est pour ça que j'ai eu envie de venir ici et de te demander si un jour, oui ou non, tu allais revenir et t'occuper de moi ?

— Non, répondit-elle d'une voix ténue et lasse. Jamais de la vie.

— Je pourrais t'obliger.

— Tu pourrais m'arracher d'ici en me traînant de force, si c'est que tu veux dire. Tu pourrais m'attacher à l'arrière de ta voiture. Me ligoter aux barreaux de ton lit à Mobile. Me battre à coups de lys jusqu'à ce que je sois couverte de bleus. Mais quoi que tu fasses, jamais je ne lèverai un petit doigt pour prendre soin de toi.

— Pourquoi ? Qu'est-ce que j'ai fait pour mériter ça ?

— Rien, répondit-elle précipitamment. Je ne veux plus être mariée, c'est tout.

— Qu'est-ce qui t'a fait changer d'avis ?

— Rien.

— Il y a forcément quelque chose.

— Quand maman est morte, poursuivit-elle d'une voix songeuse et lointaine, et que tu es parti, j'ai changé d'avis. Je me suis demandé pourquoi diable est-ce que je m'étais mariée. Et aucune raison valable ne m'est venue à l'esprit.

— Moi je sais pourquoi.

— Pourquoi ?

— Tu t'es mariée à cause de Mary-Love, comme ça tu pouvais lui faire face parce que tu avais un mari à qui tu devais obéir plutôt qu'à elle. Quand elle est morte, tu n'as plus eu besoin de moi parce qu'il n'y avait plus personne à qui faire face. »

Sister ne trouva rien à répondre.

« À ce moment-là, je t'ai aidée, poursuivit Early. À ton tour maintenant de m'aider.

— Pas question. Je suis vieille et infirme

— Si tu le voulais, tu pourrais marcher. »

Elle secoua la tête.

« Je suis clouée dans ce lit pour le restant de mes jours, Early.

— Je parie que quand tu es seule, tu te promènes partout dans la maison avec les lumières éteintes pour pas être vue.

— C'est faux ! »

Early se redressa.

« Sister, si jamais j'apprends que tu as posé un orteil hors de ce lit, si je lis dans le journal que tes pieds ont touché le sol, je reviendrai te chercher dans la seconde. Tu m'as compris ? Tu vas rester à pourrir dans cette chambre jusqu'à ta mort. Gare si j'entends que tu as enfilé la moindre paire de chaussures...

— Ouvre l'armoire.

— Pourquoi ?

— Fais-le. »

Early alla l'ouvrir. À l'intérieur, suspendues dans une housse pleine de poches, se trouvaient une vingtaine de paires de chaussures.

« Tu vois ça ? », pointa Sister.

Early hocha la tête.

« Prends-le, ordonna-t-elle. Parce que je ne les porterai plus jamais. »

Early décrocha la housse et la posa par terre. Quelques paires de chaussures furent libérées, mais il les remit soigneusement à leur place. Puis il roula le tout, le fourra sous son bras avant de s'en aller.

« Ivey ! Ivey ! cria Sister. Verrouille la porte derrière lui ! »

NERITA

« Elinor, dit Oscar en se mettant au lit une nuit un peu après le départ de Miriam et Billy pour le Texas, notre petite chérie a du chagrin.

— Frances ?

— Je suppose que son mari lui manque.

— C'est possible, répondit pensivement Elinor.

— Tu n'as pas remarqué ? On a parfois l'impression qu'elle est ailleurs, dans un autre monde.

— J'ai remarqué, admit-elle en se glissant à son tour aux côtés de son époux.

— Tu ne crois pas que tu devrais lui parler ?

— Pour lui dire quoi ?

— Euh, je ne sais pas. Que Billy va revenir…

— Elle le sait déjà.

— Tu ne crois pas qu'elle s'imagine…

— Qu'elle s'imagine quoi ?

— Que… hum… qu'il se passe quelque chose entre Billy et Miriam. »

Elinor lui donna une légère tape sur la poitrine.

« Oscar ! Quelle idée !

— On ne sait jamais ce qu'une femme peut penser quand son mari part en voyage avec une autre.

— On parle de Billy et de Miriam !

— Je sais, je sais, concéda Oscar. Je ne parle pas d'eux en particulier, mais de ce que Frances pourrait penser. C'est tout. Tu lui parleras demain ?

— Très bien. Bonne nuit. Demain, tu me raconteras où tu vas pêcher de telles idées. »

Le lendemain matin, après qu'Oscar fut parti travailler, mère et fille s'installèrent dans la véranda tandis que Frances allaitait son enfant. Elinor brodait de petites taies d'oreiller pour le couffin de Lilah.

« Oscar s'imagine que tu es triste, dit-elle.

— Il a raison, répondit Frances avec un sourire las.

— À cause du départ de Billy, c'est ça ? »

Frances secoua lentement la tête.

Perplexe, Elinor leva les yeux.

« Qu'est-ce qui ne va pas alors ? Quelque chose en particulier ? Après la naissance de Miriam – et la tienne –, moi aussi j'ai eu des moments compliqués. Peut-être que toutes les femmes…

— Non, maman. En fait, je n'arrête pas de penser à… » Elle marqua une pause, se pencha en avant, l'enfant contre son sein, et chuchota : « ... à mon autre petite fille. »

De surprise, Elinor laissa tomber son travail de broderie sur ses genoux.

« Maman, poursuivit Frances, cette pauvre enfant n'a même pas de prénom !

— Dans ce cas, il faut lui en donner un.

— On peut ?

— Pourquoi pas ? Tu ne vas quand même pas passer ton temps à l'appeler “mon autre petite fille”, si ?

— J'ai déjà pensé à un prénom, dit Frances d'un air penaud.

— Lequel ?

— Dans ma tête, je l'appelle Nerita. Comme ta sœur.

— Chut ! À part toi, personne ne sait que j'ai une sœur.

— D'accord, mais est-ce que ça va Nerita ? Comme prénom, je veux dire ?

— C'est très joli. Ça lui va parfaitement. Tu sais ce qu'il signifie ? *Qui vient de l'eau.*

— Comme ma petite fille. »

Elinor reprit sa broderie.

« Tu penses beaucoup à Nerita ? »

Frances acquiesça.

« Tout le temps.

— Quand elle est née, tu n'osais même pas la regarder.

— Je sais. Mais c'est ma fille. Je n'arrête pas de me demander comment elle va. »

Elinor ne dit rien pendant un moment. Puis elle suggéra d'une voix douce : « Pourquoi n'irais-tu pas voir par toi-même ? »

Lilah se détourna du sein de sa mère, qui essuya tendrement ses minuscules lèvres avec un linge qu'elle gardait plié sur son épaule.

« Je pourrais, maman ?

— Je ne vois pas ce qui t'en empêcherait.

— Comment est-ce que je vais la retrouver ? »

Elinor sourit.

« Tu n'as qu'à aller dans l'eau. Vous vous retrouverez.

— J'ai peur qu'elle n'ait pas assez à manger là-dessous. Cette nuit-là, quand je l'ai laissée dans la rivière, c'est comme si j'avais posé Lilah par terre dans la cuisine et que je m'étais attendue à ce qu'elle se fasse à manger toute seule. Tu imagines Lilah en train de faire du pain brioché ou de paner du poulet ? »

Elinor éclata de rire.

« Lilah et Nerita sont différentes l'une de l'autre. Nerita ne mangerait jamais de pain brioché ou de poulet pané, même si tu les lui accrochais au bout d'un hameçon. »

Frances eut un frisson.

« Maman, ne dis pas ça ! Tu ne crois pas que je me suis demandé ce qui se passerait si elle voyait un ver de terre au bout de l'hameçon d'un pêcheur ? »

Secouant la tête, Elinor se leva.

« Ça n'arrivera pas. Maintenant, donne-moi Lilah, je vais la coucher. Pendant ce temps, tu vas te changer et aller voir Nerita. Contourne le bois jusqu'à la rivière. Il ne faut surtout pas que Queenie ou quiconque te voie aller dans l'eau. »

Elinor emporta le nourrisson avec elle tandis que Frances se déshabillait rapidement et enfilait un peignoir ample.

En passant devant la cuisine pour sortir par la porte de service, elle sourit nerveusement à Zaddie, avant de se glisser parmi les chênes d'eau, puis dans la forêt à l'ouest de la maison. Bientôt, elle fut sur la berge de sable rouge où finissait la digue. Elle resta plusieurs minutes au bord de l'eau, à la fois soucieuse à l'idée de retrouver Nerita, et plus inquiète encore à celle de ne pas la trouver. Elle se rappela à quoi ressemblait le nouveau-né, à la terreur qui l'avait submergée à la vue de son corps et de son visage, et comment ils lui avaient paru monstrueux lorsqu'elle l'avait tenue dans ses bras. Pourtant, à l'idée de sentir à nouveau cette étreinte, d'entrer dans l'eau et de voir – qui sait ? – sa petite fille nager vers elle et jeter ses petits bras tout lisses autour du cou ou presser son visage aux yeux immenses contre le sien... Frances ôta son peignoir et s'enfonça lentement dans la rivière.

Lorsque l'eau atteignit ses genoux, elle eut à nouveau un instant d'hésitation.

Elle sentit le courant balayer ses jambes ; aussitôt celles-ci parurent perdre en solidité. Elle savait que si elle n'allait pas plus loin, elle allait s'effondrer. Aussi leva-t-elle une jambe puis l'autre, puis la première à nouveau, avant de réaliser qu'elle subissait la transformation qui demeurait – après toutes ces années – encore un mystère à ses yeux. Jusqu'à ses cuisses, la peau de ses jambes, épaisse et lisse, avait viré au gris. Ses pieds étaient larges et palmés.

Son premier réflexe aurait dû être de s'immerger entièrement afin de compléter la métamorphose sans qu'elle en ait véritablement conscience – comme elle l'avait toujours fait. Mais cette fois, elle décida que les choses se passeraient autrement. Inspirant profondément, Frances Caskey s'enfonça avec une lenteur délibérée dans la Perdido.

À mesure que l'eau montait, la métamorphose opérait. Frances s'arrêtait régulièrement afin d'en suivre la progression : à quel point son corps s'épaississait en dessous de la taille, quelle sensation provoquait le frottement de ses jambes l'une contre l'autre, ce qui se passait quand elle plongeait sa main sous la surface et l'y maintenait.

Cette main se fit large et palmée, aussi grande qu'un éventail.

Elle s'avança dans des eaux plus profondes. Elle *sentait* son ventre gagner en puissance et crier sa faim pour des choses qui, d'ordinaire, auraient provoqué chez elle dégoût et révulsion : poissons vivants et crustacés entiers, carcasses d'animaux en décomposition, membres d'enfants, déchets organiques.

L'eau lui montait à présent jusqu'au cou. Elle ne ressentait plus aucune difficulté à maintenir son équilibre contre le courant. Sous la surface, elle se sentait immense et forte. Sa tête, posée sur un corps aussi énorme, paraissait absurdement minuscule.

Soudain, quelque chose frôla sa main palmée et se mit à lui mordiller un doigt, avant de remonter le long de son bras jusqu'à sa poitrine.

« Nerita ! », cria Frances en plongeant la tête sous l'eau.

Un instant, ses yeux humains restèrent inchangés, et ce fut à travers les eaux rougeâtres de la Perdido qu'elle aperçut les contours flous de Nerita – comme elle avait grandi ! Même dans son cœur de mère, quelque chose dans l'aspect de son enfant la rebuta.

Et puis ses yeux subirent à leur tour la transformation, et elle vit Nerita avec clarté. Sa forme ne la rebutait plus. La petite se jeta au cou de sa mère et glissa affectueusement sa tête dans la bouche de Frances.

Une partie du cerveau de Frances s'en étonna, mais une autre lui commanda de lécher tendrement de sa grosse langue noire la tête bien-aimée.

Au déjeuner, Oscar et Queenie furent surpris de découvrir que Frances n'était pas parmi eux.

« Où est-elle ? demanda son père.

— Tu avais raison, elle se sentait triste, répondit Elinor. Je lui ai donc dit d'aller se changer les idées. Que j'allais m'occuper de Lilah.

— Où est-elle partie ? fit Queenie. Il ne manque aucune voiture. »

Tout sourire, Elinor haussa les épaules et répondit qu'elle non plus ne comprenait pas.

Après le repas, Elinor pria Queenie de l'excuser, si bien que cette dernière rentra chez elle, un peu surprise. Elle sentait confusément que quelque chose se tramait, et que ce quelque chose concernait Frances et l'endroit où elle était allée. Mais Queenie ne cherchait plus à soutirer d'informations ; elle songea qu'on finirait bien par la mettre au courant si elle était patiente.

Frances retourna chez elle en fin d'après-midi ; elle se faufila dans la cuisine devant une Zaddie qui faisait mine de regarder ailleurs. Elle courut à l'étage, laissant sur les marches des traces de pas boueuses.

Elinor était dans sa chambre, elle rangeait l'armoire d'Oscar.

Frances entra en trombe.

« Je suppose que tu l'as trouvée, rit sa mère.

— C'est elle qui m'a trouvée ! Quelle journée merveilleuse j'ai passée ! Seigneur ! Comme elle a grandi. Et si tu voyais ce qu'elle sait faire ! Maman, tu n'en croirais pas tes yeux !

— Tu ne le sais pas, mais je l'ai surveillée.

— Et moi qui étais si inquiète. Pourquoi ne m'as-tu rien dit ?

— Je voulais voir si tu irais prendre soin d'elle toi-même. »

Frances secoua la tête.

« Nerita n'a pas besoin de nous, maman. Elle sait prendre soin d'elle toute seule.

— Je sais. Mais ça ne veut pas dire que de temps à autre, une visite de sa mère et de sa grand-mère ne lui fera pas le plus grand bien. »

D'excitation, Frances s'écria :

« Oh, maman, quand est-ce que je pourrai y retourner ?

— Pas aujourd'hui, rit Elinor. Regarde ta peau, elle est encore toute fripée. En plus, tu es couverte de boue. Oscar va rentrer dans une demi-heure. Il faut qu'on te débarrasse de tout ça. Et qu'on invente une histoire pour expliquer où tu étais et ce que tu as fait. Queenie a déjà remarqué que tu n'avais pris aucune voiture. »

Frances balaya ces remarques d'un geste de la main.

« Je me fiche de ce qu'ils pensent. »

Elinor recouvra instantanément son sérieux.

« *Non, tu ne t'en fiches pas.* »

Frances se figea d'un coup.

« Bien, fit sa mère. Maintenant, calme-toi. Tu vas me raconter comment se sont passées vos retrouvailles pendant que je te lave. »

Zaddie, qui savait plus que jamais qu'elle ne devait pas poser de questions, nettoya les traces de boue. Dans la chambre de sa fille, Elinor fit prendre un bain à Frances et lui lava les cheveux tandis que cette dernière lui décrivait son après-midi dans la Perdido en compagnie de sa petite fille.

« Tu sais ce qui est différent cette fois, pas vrai ? demanda Elinor en versant une bassine d'eau claire sur les cheveux pleins de savon de Frances.

— Tout était différent !

— Non. La différence la plus importante, c'est que tu te souviens de tout ce qui s'est passé. Dans les moindres détails.

— Je te l'ai dit, maman. C'est parce que je suis entrée dans l'eau petit à petit, je n'ai pas plongé dedans comme je le fais d'habitude. Et cette fois, je savais à quoi m'attendre. C'est pour ça que je m'en souviens.

— Tu *voulais* la transformation.

— C'est vrai, admit Frances. Pour la première fois, je suppose. Je ne pensais pas que Nerita serait capable de me retrouver si je ne...

— Oui ?

— Si je n'étais pas comme elle », dit-elle à voix basse.

Elinor sourit et essuya une trace de savon sur le visage de sa fille.

« Tu es partie si longtemps, dit-elle avec douceur. Je me demandais ce qui t'était arrivé.

— Tu ne t'es pas vraiment inquiétée, si ? »

Sa mère secoua la tête.

« Pas une seconde.

— Tu sais que Nerita peut déjà parler ?

— C'est impossible.

— Si, maman, je t'assure ! Je comprends chaque mot qu'elle prononce.

— C'est différent. Que tu la comprennes ne signifie pas qu'elle peut parler. D'ailleurs, toi non plus, tu ne peux pas parler là-dessous. Mais Nerita aussi peut te comprendre. Vous n'avez pas besoin de mots.

— Maman, dit Frances après réflexion, est-ce qu'un jour on pourra aller ensemble rendre visite à Nerita dans la rivière ?

— Peut-être. Ça ne te troublerait pas ?

— Comment ça ?

— Eh bien, tu n'as jamais vu à quoi je ressemblais sous l'eau.

— Je sais. C'est pour ça que j'ai très envie qu'on y aille toutes les deux. Tu veux bien ? »

Elinor rit doucement.

« J'ai l'impression de te revoir à cinq ans : "Maman, je peux faire ci ? Maman, je peux faire ça ?" Bien sûr qu'on ira nager toutes les deux, si on trouve quelqu'un pour garder Lilah. Tu ne l'aurais pas oubliée ?

— Un peu, répondit Frances d'un air penaud. Mais Lilah et Nerita sont si différentes !

— Oui, acquiesça Elinor avec un sourire.

— Maintenant que j'arrive à me souvenir de tout, je sais exactement ce qui se passe sous l'eau. Avant, poursuivit-elle tout excitée, je me transformais et puis je revenais sans me souvenir de rien. J'avais l'impression qu'il s'était passé quelque chose d'affreux, et j'ignorais pourquoi ça m'arrivait, c'était une expérience horrible. Comme cette fois à Lake Pinchona où j'ai…

— Où tu as croisé Travis Gann, dit calmement Elinor.

— Oui. Mais la plupart du temps, ça ne se passe pas comme ça. J'étais furieuse contre lui à cause de ce qu'il avait fait à Lucille. Alors qu'aujourd'hui, je n'étais pas fâchée du tout, j'ai passé une journée merveilleuse avec Nerita. Maman, cette petite…

— Alors tu l'aimes vraiment, n'est-ce pas, ma chérie ?

— Oh oui, maman ! Est-ce que tu sais qu'elle peut mettre toute sa tête dans ma bouche ? »

Quelqu'un frappa doucement à la porte de la

salle de bains et la voix de Zaddie s'éleva timidement :

« Mademoiselle Frances ?

— Qu'est-ce qu'il y a, Zaddie ? demanda Elinor.

— Votre bébé pleure. Je crois qu'elle a faim.

— Bon, maman, dit Frances avec un soupir résigné en sortant de la baignoire, ramène-la moi. Je vais lui donner le sein avant que papa ne revienne. »

Lors du dîner ce soir-là, les Caskey s'étonnèrent d'une nouvelle transformation chez l'un des leurs – cette fois, c'était Frances. Le changement était d'autant plus remarquable qu'elle avait non seulement semblé abattue depuis le départ de Billy pour le Texas, mais qu'elle avait aussi affiché une sorte de mélancolie tout au long de sa grossesse, presque un an auparavant. À vrai dire, personne autour de la table, en la voyant parler avec volubilité, sourire à propos de tout et de rien, et dévorer des quantités gargantuesques de nourriture, ne se souvenait de l'avoir jamais vue se comporter ainsi.

« Je parie que tu as dévalisé une boutique cet après-midi ! s'exclama Queenie, pour qui la consommation représentait l'acmé du bonheur.

— Je n'ai pas dépensé un centime, rit Frances. J'ai passé tout l'après-midi avec mon bébé.

— Je croyais que tu étais sortie ! », fit son père.

Frances se contenta de rire et de secouer la tête.

La famille n'était pas au bout de ses surprises, car bientôt, Frances se mit à disparaître tous les après-midi, laissant Lilah dormir dans son couffin. Personne ne savait où elle allait. On ne la voyait jamais quitter la maison. Aucune de leurs autos ne bougeait. Elinor disait seulement : « Frances ne peut quand même pas rester enfermée toute la journée. J'imagine qu'elle va se promener dans les bois. »

Zaddie, qui devait forcément être au courant de quelque chose, déclarait : « J'ai suffisamment à faire dans cette maison sans, en plus, devoir surveiller les allées et venues de Mademoiselle Frances. »

Frances quant à elle paraissait vivre sur un nuage. Son mari semblait ne pas lui manquer du tout, et elle ne montra aucun signe de déception lorsque Miriam téléphona pour dire qu'elle et Billy seraient partis encore trois jours pour se rendre à Tulsa. Lilah était un bébé remuant, et Frances avait tendance à se montrer impatiente avec elle, ne la nourrissant que lorsque ses cris devenaient trop pénibles ou que ses seins se gorgeaient de lait. Autrement, elle faisait peu cas de sa fille. Elle paraissait même heureuse de la confier à quiconque en voulait, que ce fût Zaddie, Elinor ou Queenie.

« Je crois, dit Queenie à Elinor sur le ton de la confidence, que le départ de Billy a rendu Frances un peu folle. Je ne l'ai jamais vue se comporter comme ça. Et je la connais depuis qu'elle est tout bébé ! »

Elinor prenait la défense de sa fille, trouvant des excuses pour la négligence avec laquelle elle traitait son enfant. « Frances essaie juste de me faire plaisir. Elle sait combien j'aime cette petite. Je lui ai déjà demandé de me la donner, mais Frances dit qu'elle doit d'abord demander la permission à Billy avant qu'on trouve un accord. »

Environ une semaine après avoir fait remarquer à sa femme que leur fille paraissait triste, et alors qu'il se mettait au lit, Oscar se risqua à dire que l'euphorie de Frances lui portait sur les nerfs.

« Oscar, voyons ! s'exclama Elinor en lui donnant une tape sur le bras. Il y a dix jours, tu te plaignais qu'elle avait l'air déprimée. Tu veux bien te décider une fois pour toutes ? Pourquoi n'es-tu jamais satisfait ? Tu ne te réjouis pas qu'elle ait trouvé le bonheur ?

— Ce que je ne comprends pas, répondit Oscar, c'est *où* elle l'a trouvé. »

LE FILS PRODIGUE

Miriam manqua énormément à son père durant la période où elle partit au Texas pour attirer les compagnies pétrolières dans le marais au sud de Gavin Pond. En son absence, il se rendit compte combien la gestion quotidienne de la scierie dépendait d'elle et à quel point elle avait ôté un poids de ses épaules en endossant une telle charge de travail. Le nombre de décisions, petites et moyennes, qu'il était obligé de prendre chaque jour était affolant, et il se demanda comment Miriam supportait cela. La prise de conscience des capacités de sa fille et de l'énergie qu'elle déployait eut pour conséquence de le faire se sentir plus vieux qu'il ne l'était et de le fatiguer davantage à la fin de chaque jour. Il comprit que Miriam n'était plus simplement son assistante. Elle travaillait d'arrache-pied afin que son père puisse passer ses matinées dans la forêt ou dans la cour, et ses après-midi à la maison, paisiblement installé dans la véranda. Indéniablement,

Miriam était désormais responsable du succès de leurs affaires. C'était Oscar l'assistant, l'auxiliaire, celui qui exécutait les ordres de sa fille.

Cette révélation ne remplit pas Oscar d'amertume pour autant. Il n'en était que plus impatient de la voir rentrer.

Tôt un matin, alors que Miriam et Billy étaient partis depuis deux semaines, le téléphone sonna. Oscar sauta du lit et alla répondre, certain que ce serait elle.

« Oscar, dit Miriam, Billy et moi allons prendre le chemin du retour dans deux minutes.

— Quelle bonne nouvelle, soupira celui-ci. Quand est-ce que vous serez là ?

— Probablement demain.

— Comment s'est passé votre séjour ?

— Je te raconterai ça à notre arrivée. Je ne veux rien dire d'important au téléphone. Au revoir.

— Au revoir, ma puce. Tu nous manques beaucoup. »

Oscar descendit.

« Elle rentre », dit-il simplement.

Elinor appela aussitôt Queenie et Sister. Tout le monde se réjouit de la nouvelle.

Sur le trajet de retour à Perdido, Billy pensait à la réussite de cette virée au Texas. Même s'il avait volontiers accepté d'accompagner Miriam, il était certain qu'elle avait envisagé la chose de manière complètement erronée. On ne se pointait pas ainsi dans les bureaux d'une grosse compagnie pétrolière avec des cartes de géomètres et des comptes rendus d'experts. Billy ignorait comment, mais c'étaient les compagnies qui découvraient les propriétés potentiellement pétrolifères et qui venaient vous trouver. Lorsque, sur le trajet pour Houston, il s'était risqué à la prévenir de ce mode de fonctionnement, Miriam avait rétorqué : « Bien sûr que c'est comme ça que ça marche. Je le sais. Mais moi, je procède différemment. »

Ils avaient fait une halte d'un jour à la Nouvelle-Orléans. Après qu'ils eurent déjeuné dans un restaurant gastronomique que possédait le père d'une ancienne camarade de Miriam au Sacré-Cœur, celle-ci était allée dans la boutique de mode la plus luxueuse de la ville et avait acheté pour huit cents dollars de vêtements. Billy était resté assis dans le magasin, ébahi, tandis qu'elle essayait et payait une tenue après l'autre. Elle fit ces achats avec le désintérêt caractéristique d'une mère végétarienne achetant de la viande rouge pour sa famille carnivore. Son comportement avait laissé Billy perplexe. Mais une fois arrivés à Houston, il avait compris.

Ils avaient été conduits sans cérémonie jusqu'au bureau d'un directeur adjoint en charge du développement pour l'une des principales compagnies pétrolières. En dépit de l'évident dédain avec lequel on les avait traités, Miriam avait sorti ses plans et ses rapports d'un air désinvolte. Ce matin-là, elle avait fait coiffer ses cheveux à l'hôtel, sentait le parfum de luxe, et avait revêtu la première de ses nouvelles tenues. Elle souriait comme Billy ne l'avait jamais vue sourire. Face au directeur adjoint, elle avait ri de sa propre incapacité à interpréter la moindre de ces données et lui avait demandé s'il accepterait de l'aider. Elle avait présenté Billy comme son beau-frère qui lui non plus ne savait pas par où commencer. Il était seulement là pour la protéger des dangers de la ville.

Connaissant Miriam, Billy avait été surpris que l'homme ne perce pas aussitôt ses intentions, mais il n'en fut rien. Il tomba sous le charme, ne voyant en elle qu'une frêle et séduisante jeune femme qui ignorait tout de l'industrie du pétrole et de son fonctionnement. Billy avait assisté gêné à cette imposture. Le directeur adjoint examina d'abord distraitement les documents, puis avec un intérêt accru. Il posa quelques questions sur les terres au sud de Gavin Pond, et Miriam dut lui répéter cinq fois que oui, elles se trouvaient bel et bien en Floride. Il ramassa cartes et comptes rendus, et déclara qu'il serait de retour d'ici cinq minutes. Il revint au bout de vingt. Pas une seule fois en son absence, et même alors qu'ils étaient seuls, Miriam ne se départit de son rôle ou ne dit quelque chose qui pourrait s'écarter de son personnage.

Quand le directeur adjoint revint, il était accompagné d'un supérieur hiérarchique – deux échelons au-dessus de lui, conjectura Billy. Le supérieur sourit à Miriam, qui lui renvoya un sourire étincelant. « Ravie de vous rencontrer, le salua-t-elle. Dites-moi franchement, Monsieur Bronze et moi-même, nous sommes-nous couverts de ridicule en venant vous voir comme ça ? »

L'homme lui assura qu'ils ne s'étaient aucunement ridiculisés et qu'il aurait été enchanté de les rencontrer même s'ils étaient venus sans ces intéressants documents. D'ailleurs, pouvaient-ils les lui laisser pour quelques jours ? Miriam, qui avait pris garde de faire reproduire une dizaine de copies des papiers, fit mine d'hésiter et répondit : « C'est d'accord, mais seulement si vous me promettez d'y faire bien attention et de ne pas les mélanger avec ceux de quelqu'un d'autre. »

Le supérieur lui donna sa parole.

Miriam lui remit une carte de visite sur laquelle son numéro de téléphone était inscrit en lettres féminines à l'encre violette. « Billy, donne-lui une des tiennes », ajouta-t-elle.

Ce dernier s'exécuta, incapable d'ouvrir la bouche de peur d'éclater de rire.

« On les a fait faire la semaine dernière, poursuivit-elle d'un ton amical. Ne sont-elles pas parfaites ? Maman m'a dit que personne ne nous prendrait au sérieux sans cartes de visite. »

L'homme promit qu'il les contacterait bientôt. Après avoir serré la main souple de Miriam et celle transpirante de Billy, il se hâta de prendre congé, les cartes topographiques et les comptes rendus tenus avec fermeté dans sa main.

Ce ne fut qu'en quittant le bureau que Billy réalisa combien sa chemise était trempée de sueur.

« Bon Dieu... chuchota-t-il à Miriam alors qu'ils passaient devant la réceptionniste.

— Chut ! », rétorqua-t-elle. Puis, à la secrétaire : « Au revoir, à bientôt ! »

Miriam conserva son rôle dans le couloir, l'ascenseur, puis dans le hall, mais une fois dans la rue remplie d'hommes d'affaires et de secrétaires à l'heure du déjeuner, elle explosa : « Seigneur, Billy, on rentre à l'hôtel que je puisse enlever cette foutue robe ! »

À la stupéfaction de Billy, tous les rendez-vous avec les diverses compagnies pétrolières suivirent point par point le même déroulement. Chaque matin, Miriam enfilait une nouvelle tenue. Chaque matin, ils étaient reçus dans le bureau d'un homme en charge du développement qui se trouvait au bas de l'échelle hiérarchique. Chaque matin, on les présentait à un supérieur, et après chaque rencontre Miriam se précipitait à l'hôtel pour ôter ces tenues désagréables et trop féminines afin d'enfiler un pantalon voire une salopette. Que ce fût à Houston, puis, plus tard, à Dallas ou Tulsa, les après-midi s'étiraient péniblement, Miriam et Billy ne trouvaient rien à faire, eux qui étaient habitués à travailler dur. Ils avaient commencé par faire chambre à part, mais après la première nuit avaient décidé de partager la même chambre. Non qu'ils aient eu besoin de faire des économies, mais ils détestaient l'un comme l'autre les dépenses inutiles.

Toute ambiguïté romantique avait vite été balayée grâce au pragmatisme de Miriam, lorsqu'elle avait annoncé après leur première nuit à Houston : « Tu as vu combien ils nous prennent pour nos deux chambres ? En plus j'ai deux lits. Viens donc dormir dans la mienne cette nuit, et rends la tienne. Il n'y a aucune raison pour qu'on leur donne quinze dollars pour rien. » Cette nuit-là, alors qu'elle était au téléphone avec son père, Miriam déclara :

« Si Frances veut parler à Billy, préviens-la qu'il dort dans ma chambre. L'hôtel facture quinze dollars la nuit, on s'est dit qu'on serait idiots de payer pour deux.

— Miriam, répondit Oscar, tu sais que Billy ronfle ? »

Billy fut d'abord gêné que Miriam s'habille et se déshabille devant lui, jusqu'à ce qu'il se rende compte qu'elle ne prenait jamais non plus la peine de fermer les rideaux. Elle n'essayait pas de le séduire ou d'exciter les voyeurs des immeubles en face, elle était seulement d'un naturel spontané et impudique.

Étendu dans son lit cette nuit-là, tandis que Miriam dormait en ronflant dans le lit voisin, Billy se demanda pourquoi il avait choisi Frances plutôt qu'elle. Tout le monde à Perdido, y compris au sein de la famille, s'accordait à dire que Miriam était plus jolie. Elle était intelligente et débrouillarde ; et Billy aimait sa compagnie. Mais elle était comme une sœur pour lui, alors que Frances était incontestablement son épouse. C'était, songea-t-il tandis qu'il dérivait vers le sommeil, encore un mystère des femmes Caskey.

Sur les huit compagnies pétrolières qu'ils visitèrent, seule une les reçut sans montrer ni courtoisie ni intérêt. Miriam leur fit savoir à toutes que Billy et elle pourraient être contactés dans une dizaine de jours à Perdido, mais qu'ils comptaient faire un peu de tourisme dans l'intervalle.

« On va les laisser mariner », expliqua-t-elle.

À la fin de leur périple, ils firent le trajet en voiture de Tulsa à Little Rock en une journée. Le lendemain, en partant très tôt le matin, ils gagnèrent Jackson, dans le Mississippi, avant de faire une halte pour le déjeuner. Ils entrèrent dans un restaurant grill décrépit où une fumée prometteuse s'échappait d'une large cheminée. Ils commandèrent des travers de porc, des oignons frits et de la bière.

Après le repas, ils allèrent au comptoir et Billy

régla leur note. Alors qu'il attendait sa monnaie, il fut étonné d'entendre Miriam héler le cuisinier qui travaillait à l'arrière.

« Qu'est-ce que tu fiches ici ? », demandait-elle d'une voix acerbe.

Billy leva la tête. L'homme d'une trentaine d'années, séduisant à sa manière mais maculé de graisse et de sauce barbecue, portait un tablier crasseux sous lequel on devinait un tee-shirt blanc élimé.

Surpris, le cuisinier s'était tourné vers Miriam et avait commencé à répondre automatiquement : « Eh bien, m'dame, j'suis… », lorsqu'il s'interrompit et s'exclama : « Miriam !

— Viens par ici immédiatement ! ordonna celle-ci.

— Miriam, souffla Billy, qui…

— Hé là, une petite minute », intervint le patron du restaurant derrière sa caisse enregistreuse en levant sa grosse main calleuse.

Le cuisinier posa sa spatule et s'avança.

« Miriam ? répéta Billy.

— Tu ne le reconnais pas ? demanda-t-elle sèchement à Billy, sans prêter aucune attention au patron.

— Seigneur, non. Je n'ai pas la moindre idée de qui c'est.

— C'est Malcolm Strickland. Le fils de Queenie. Le frère de Lucille. Malcolm, mais qu'est-ce que tu fiches ici ?

— Hé ! Il travaille pour moi ! s'indigna le patron

en tendant la main pour repousser Malcolm vers la cuisine. Et y a des clients qui attendent, Strickland.

— Queenie pense que tu es mort ! s'écria Miriam.

— Arrête…

— Si c'est vrai, parce que tu ne lui as pas écrit depuis je ne sais combien d'années. Elle croit que tu t'es fait tuer quelque part dans le Pacifique. Elle regarde la photo du drapeau à Iwo Jima et se lamente en pensant que tu es peut-être un de ces gars-là. Pourquoi diable n'as-tu pas pris le temps de l'appeler ? »

Sans répondre, Malcolm se mit à reculer vers la cuisine.

« Danjo s'est enrôlé, poursuivit Miriam en élevant la voix. Il a épousé une Allemande, Fred, et maintenant, ils vivent dans un château en haut d'une fichue montagne. Queenie passe son temps à veiller sur Sister, parce qu'elle a fait une chute dans les escaliers quand Early est venu la chercher, et depuis ça, elle ne quitte plus son lit. » La voix de Miriam continuait à enfler. « Lucille a eu un petit garçon qui s'appelle Tommy Lee. Elle et son fils vivent avec Grace dans une ferme au sud de Babylon, et il y a l'équivalent de plusieurs millions de barils de pétrole qui dorment sous le marais de leur propriété.

— Du pétrole ? », répéta faiblement Malcolm, pris au dépourvu par le flot de révélations sur sa famille. Il s'était imaginé qu'en son absence, rien n'avait changé.

« Malcolm Strickland, poursuivit Miriam, sa voix était grave et menaçante à présent, sors de derrière ce comptoir immédiatement. »

Les clients – environ une trentaine de personnes – avaient cessé de faire semblant de manger et suivaient d'une oreille attentive le petit mélodrame qui se déroulait à l'accueil.

« Strickland, fit le patron du grill, remets-toi au boulot. Et vous, Madame, ajouta-t-il d'un ton exaspéré, vous feriez mieux de partir. »

Relevant le battant du comptoir, Miriam passa devant le patron sidéré, saisit le bras de Malcolm et le ramena fermement dans la salle.

« Va démarrer la voiture », dit-elle à Billy.

Ce dernier, sa monnaie encore devant lui, se hâta de quitter le bâtiment. Malcolm sur les talons, Miriam lui emboîta le pas.

« Laisse le tablier ! cria le patron.

— Arrête-toi, ordonna Miriam à Malcolm avant de lui faire faire demi-tour, de dénouer et d'enlever le tablier qu'elle jeta sur le dos d'une chaise. Puis elle poussa Malcolm vers la porte.

« Monte à l'arrière, lui dit-elle lorsqu'ils furent devant l'auto.

— Miriam, où est-ce que… commença Malcolm.

— Je te ramène à Perdido, là où tu devrais être.

— Merde, Miriam, je ne peux pas… »

Il était déjà sur la banquette arrière.

« Tu es marié ? »

Il fit non de la tête.

« Tu as acheté une maison ? »

De nouveau non.

« Mais j'ai des vêtements à récupérer, souffla-t-il.

— Queenie t'en achètera d'autres. Billy, allez, partons. »

Le patron se tenait à la porte de son restaurant, il hurlait à Malcolm qu'il était viré et qu'il ne trouverait plus jamais de travail nulle part dans le comté de Hinds.

Miriam pivota sur son siège pour regarder le jeune homme.

« James est mort, il y a un an, et il a laissé de l'argent à Queenie. »

Malcolm regardait par la vitre, comme si se trouver dans une voiture était pour lui une nouveauté.

« Et ton vieux copain Travis Gann, tu sais ce qu'il a fait ? Il a violé ta sœur, et elle est tombée enceinte, et lui il a disparu. Mais c'est un secret, donc pas un mot à qui que ce soit, tu m'as comprise, Malcolm ? »

Il hocha la tête.

Ainsi Malcolm passa-t-il le trajet de retour à Perdido sur la banquette arrière, sidéré qu'on l'eût ravi sans sommations à son emploi et à la vie qu'il avait construite ces trois dernières années. Alors que Billy filait vers le sud-est, traversant les champs de coton et de maïs du Mississippi, Miriam se retournait parfois pour lui jeter au visage quelque information au sujet de la famille ou de la ville, quand elle ne lui reprochait pas la manière dont il avait traité sa mère.

Il faisait nuit lorsqu'ils franchirent la limite de l'État. Miriam s'était assoupie.

« Alabama, annonça Billy, et elle sortit de sa torpeur. On sera à Perdido dans une heure environ.

— Miriam, dit soudain Malcolm, tu crois que maman voudra bien me voir ?

— Évidemment, rétorqua-t-elle sèchement. Mais elle va être furieuse de découvrir que tu es encore en vie.

— Je n'ai pas été correct avec elle.

— Tu peux le dire. Tu vas passer le reste de tes jours à profiter d'elle, maintenant ?

— Eh, ça fait trois ans que je travaille. J'ai passé six ans à l'armée. J'ai profité de personne.

— Malcolm, tu es un bon à rien. Et je ne te vois pas accomplir quoi que ce soit. Je me demande ce qui m'a pris de te sortir de derrière ce comptoir.

— Moi aussi… », soupira le jeune homme depuis la pénombre du siège arrière.

Les Caskey étaient encore à table quand Billy, Miriam et Malcolm se garèrent devant chez Elinor.

« Je ne veux pas entrer, dit Malcolm.

— Moi non plus, si je sentais aussi mauvais que toi, répondit Miriam en sortant du véhicule. Attends ici cinq minutes, ensuite tu nous rejoins. Ça ne sert à rien de repousser ce moment. »

Épuisés, Billy et Miriam entrèrent dans la maison. Alors qu'ils pénétraient dans la salle à manger, tout le monde se leva pour les accueillir. Mis au courant de leur arrivée probable ce soir-là, Lucille, Grace et Tommy Lee étaient présents eux aussi. C'étaient eux qui seraient les plus affectés par les répercussions du voyage au Texas.

« Sans vous, la famille était sur le point de se disloquer ! », s'exclama Queenie.

Frances enlaça son mari.

« Vous nous ramenez un million de dollars ? plaisanta Grace.

— Pas vraiment. Plutôt un beau souci.

— Oh, fit Queenie. Quel dommage ! On pensait que le séjour s'était bien passé.

— Pour le pétrole, aucun problème, répondit Miriam d'un ton léger. Je suppose que mon téléphone va se mettre à sonner dès demain matin.

— Il a déjà commencé à sonner il y a deux jours, dit Oscar. Mais je leur ai répondu que tu ne serais de retour que demain et qu'il n'y avait personne d'autre à qui parler. »

Billy, sa femme toujours serrée contre lui, regarda par-dessus l'épaule de Frances et dit :

« Miriam et moi, on a une surprise pour vous dans la voiture.

— Ah, vous nous ramenez des cadeaux ! s'exclama Queenie, tout excitée. Je parie que c'est des mocassins et aussi des trucs indiens. Vous étiez en Oklahoma, pas vrai ? Vous savez que mon frère Pony vit là-bas ? Je n'ai pas eu de nouvelles de lui depuis… »

Au claquement de la porte d'entrée, Queenie se tut brusquement.

« Qui est-ce ? demanda Elinor

— Ça, répondit Miriam, c'est la surprise. »

Sur le seuil se tenait Malcolm, les vêtements sales et froissés sentant l'huile rance et la sauce barbecue.

Queenie poussa un hurlement et s'effondra sur sa chaise.

« Seigneur ! s'écria Lucille en bondissant derrière le siège de sa mère comme si elle avait besoin de protection.

— On pensait que tu étais mort, dit Grace d'une voix grave.

— Eh bien, non, dit Miriam. On l'a trouvé près de Jackson, il était comme vous le voyez là, mais avec un tablier. Maintenant que tout le monde t'a vu, Malcolm, tu veux bien nous rendre service et aller prendre un bain chez Queenie ?

— D'accord, mais qu'est-ce que je vais porter en

sortant ? », demanda Malcolm, sidéré, en baissant les yeux sur ses vêtements. Il regarda tour à tour les membres de sa famille, avant d'expliquer : « Elle a pas voulu qu'on s'arrête. Elle devait croire que j'essayerais de m'enfuir. Mais je l'aurais pas fait. Perdido m'a quand même manqué. Miriam m'a appris que James était mort. C'est triste. »

Puis il fit demi-tour et disparut dans l'obscurité du couloir en traînant les pieds.

Queenie hurla à nouveau et courut derrière lui.

« Malcolm ! Malcolm ! »

« Il a grandi ! s'émerveilla Grace. J'ai du mal à y croire. »

« Si on m'avait prévenue, déclara Zaddie, imperturbable, en entrant dans la salle à manger, j'aurais préparé un repas de fête. »

LE JOUR DE L'AN

Quoique éreintée, Miriam se mit au lit très tard le soir de son retour du Texas. Sister refusait de la laisser aller se coucher, furieuse que sa nièce fût partie aussi longtemps. Elle lui reprochait de ne pas avoir téléphoné plus souvent. Elle avait d'abord voulu que Miriam lui raconte en détail ses entrevues avec les différentes compagnies pétrolières, mais sitôt que la jeune femme eut commencé son récit, Sister l'avait interrompue en lui demandant tout autre chose. « Ma puce, dis-moi ce qui t'est passé par la tête quand tu as trouvé Malcolm dans la cuisine de ce restaurant. » Sister n'arrivait pas à fixer son attention. Un instant, elle ordonnait à Miriam de traverser la pièce pour la prendre dans ses bras, puis elle se mettait presque à sangloter d'amertume d'avoir été abandonnée à son triste sort pendant si longtemps.

« Tu sais ce qui m'est arrivé pendant que tu n'étais pas là ? lui dit-elle d'un ton accusateur.

—Quoi ? fit Miriam avec lassitude, assise sur le siège en osier près de la porte, prête à filer dès que Sister le lui permettrait.

—Tu sais qui est entré dans cette maison sans que personne ne lève le petit doigt pour l'en empêcher ?

—Qui ?

—Early. Early a déboulé en plein milieu de la nuit. Il a surgi par la porte de cette chambre et m'a dit de le suivre à Mobile. Il a essayé de me tirer hors du lit. Moi, je lui ai répondu que mes jambes ne pourraient pas me porter et qu'il allait avoir une loque sur les bras. Puis j'ai ajouté que j'étais infirme. Il m'a répondu que je mentais. Et il m'a dit : "Quand tu sortiras de ce lit, je reviendrai te chercher." »

Miriam piquait du nez, elle avait de la peine à suivre les paroles de Sister tant elle était fatiguée.

« Tu sais ce que ça veut dire ? poursuivit Sister avec fureur.

—Quoi ? murmura Miriam.

—Ça veut dire que je ne quitterai *plus jamais* ce lit. Voilà ce que ça veut dire. »

Cette dernière remarque retint l'attention de Miriam qui redressa soudainement la tête.

« Tu plaisantes ?

—Pas le moins du monde.

—Tu es couchée là le temps que ta jambe guérisse. Tu aurais dû être debout depuis au moins un mois.

— Plus jamais je ne quitterai ce lit, répéta-t-elle d'un ton catégorique. Pas question que je risque qu'Early soit dehors à m'espionner avec des jumelles en attendant de me voir descendre l'escalier en boitillant pour courir ici et m'enlever.

— Early ne va pas venir t'enlever ! Il ne peut pas t'emmener de force.

— On est mariés !

— Ça ne change rien, dit Miriam en secouant la tête.

— Arrange mes oreillers, tu veux ?

— Non, répondit sa nièce, sa fatigue se dissipant avec la colère. Si tu crois un instant que tu vas rester au lit le reste de ta vie pendant que tout le monde se plie au moindre de tes caprices, qu'on tire une croix sur notre confort et notre temps libre simplement pour arranger tes oreillers, vider ton pot de chambre et t'apporter des magazines, tu te mets le doigt dans l'œil, Sister.

— Si tu savais comme ma jambe me fait mal ! Pourquoi me parles-tu comme ça ? Pourquoi maltraiter une vieille handicapée ? Une infirme qui ne peut même pas se lever pour aller aux toilettes quand elle en a envie ?

— Tu n'es pas plus infirme que moi, rétorqua Miriam, désormais parfaitement réveillée. Si j'étais plus maligne, je te traînerais en pleine cambrousse, j'ouvrirais la portière et je te jetterais dehors pour que tu rentres à pied à Perdido.

— Je sais que tu en es capable ! Je parie même que tu le ferais par pure méchanceté !

— Ce n'est pas moi la méchante, plus maintenant. Ce n'est pas moi qui oblige Queenie à me veiller sept heures par jour alors qu'elle pourrait faire tout autre chose. Ce n'est pas moi qui empêche Ivey d'accomplir le moindre travail parce qu'elle doit courir à l'étage toutes les cinq minutes pour servir une vieille infirme clouée au lit. Ce n'est pas moi qui empêche quelqu'un d'aller se coucher, quelqu'un qui revient d'un voyage épuisant.

— C'est moi, je suppose. Tu parles de moi.

— Effectivement », dit Miriam en se levant.

Sister ramassa un magazine de mots croisés posé sur sa table de chevet et le jeta sur sa nièce. Il vola à travers la pièce avant de venir percuter l'épaule de Miriam.

« Bonne nuit à toi aussi, dit-elle en sortant de la chambre d'un pas raide.

— Miriam, attends ! Attends ! », cria Sister.

Miriam longea le couloir, ne se retournant que quand elle fut parvenue devant sa chambre.

Jetant un œil à l'autre bout, par la porte ouverte de la chambre de Sister, elle vit celle-ci repousser avec peine ses couvertures. Elle l'observa écarter la montagne d'oreillers sur laquelle elle s'adossait depuis si longtemps, pivoter sur le côté avec un grognement sonore et extirper ses jambes des draps.

« Miriam ! appela-t-elle de nouveau.

— Je suis là. »

Sister se laissa glisser avec précaution, jusqu'à ce que ses pieds touchent le sol. Petit à petit, elle fit porter son poids sur eux, avant de lâcher le bord du lit, dont elle se servait d'appui.

« Tu vois ? lança Miriam. Tu n'es pas infirme. »

Sister fit un pas. Puis un autre. Soudain sa jambe gauche se déroba et elle s'effondra. Son front pâle heurta le parquet ciré dans un choc qui résonna dans tout l'étage.

Miriam se précipita pour lui venir en aide. Elle la releva – sans difficulté, Sister était terriblement maigre – et la remit au lit. Puis, une jambe après l'autre, elle l'installa de nouveau confortablement sur le matelas surélevé, remontant ses couvertures et arrangeant les oreillers derrière sa tête. Elle alla ensuite humidifier un linge dans la salle de bains et le passa sur la bosse qui s'était formée sur le front de sa tante.

« Replace les oreillers », grogna cette dernière.

Miriam s'exécuta.

« Ça va mieux ?

— Non. À cause de toi, le moindre recoin de ma carcasse me fait mal.

— Tu veux que j'appelle le docteur Benquith ?

— Qu'est-ce qu'il pourra faire ? Appelle plutôt Queenie.

— Pas à cette heure avec Malcolm qui vient de rentrer !

—Je suis sûre qu'ils sont encore debout là-bas, forcément, vu que tu lui as ramené son fils.

—Je ne vais certainement pas demander à Queenie de venir ici à une heure du matin.

—Elle viendra, dit Sister avec assurance. Elle vient toujours. »

Miriam ne dit rien, se contentant de faire demi-tour et de sortir de la chambre.

Sister décrocha le téléphone et, alors qu'elle attendait que l'opératrice réponde, elle interpella sa nièce.

« Tu vois, je t'avais bien dit que j'étais infirme ! »

Malgré l'heure tardive, ainsi que Sister l'avait prédit, personne chez Queenie ne dormait. Celle-ci avait ramené Malcolm chez elle, l'avait poussé de force dans la salle de bains, avait pris ses vêtements sales par la porte entrouverte et lui en avait tendu des propres. Elle attendait désormais assise sur le lit en se rongeant les ongles qu'il finisse de se débarrasser des odeurs de graillon, pour les remplacer par les fragrances des meilleurs savons de James.

Plus tard, après que Malcolm fut parvenu à se glisser dans l'un des pantalons et l'une des chemises d'Oscar, les Strickland enfin réunis dans le salon se dévisageaient les uns les autres. Grace était rentrée à Gavin Pond avec Tommy Lee, mais Lucille était restée chez sa mère. « Je veux entendre ce que Malcolm a à dire, avait-elle lancé. Quatre ans sans aucune nouvelle ! »

Il s'avéra que Malcolm n'avait pas grand-chose à raconter. Il s'était enrôlé dans l'armée, ce que tous savaient déjà. Il avait fait ses classes dans le Dakota du Nord, avait combattu en Italie et avait été démobilisé dans le Massachusetts. Il avait appris deux choses : la maçonnerie et l'art de cuisiner pour un régiment. Après avoir quitté l'armée, il avait pavé des trottoirs à Boston, mais une brouille avec les syndicats l'avait poussé à démissionner. Parti pour le sud, il avait trouvé un emploi dans le bâtiment à Little Rock. Mais il avait été viré d'un chantier à Jackson, avant d'être embauché dans un restaurant du centre. Le grill en périphérie était son quatrième poste comme cuisinier.

« Je n'ai pas l'impression que tu cherchais à construire un foyer, remarqua Lucille, pour qui la vie de famille était devenue primordiale.

— C'est vrai, admit-il d'un air contrit.

— Ta famille est ici », dit fermement Queenie.

Malcolm ne répondit rien, mais sa mère et sa sœur eurent l'impression qu'il ne reniait pas cette idée. Son silence était révélateur de la honte qu'il ressentait face à la gentillesse de sa mère.

« Tu crois qu'Oscar ou quelqu'un pourra me trouver un boulot dans les environs ? demanda-t-il.

— Pour faire quoi ?

—Peut-être cuistot. Ou maçon.

—Qu'est-ce que tu préférerais ? demanda Lucille.

—Peu importe, fit-il en haussant les épaules.

—Seigneur ! s'exclama Queenie. Je suis sûre qu'on pourra te trouver quelque chose, Malcolm. Peut-être qu'ils voudront faire d'autres travaux sur la digue ou je ne sais quoi. Mais il y a une chose que j'aimerais savoir…

—Quoi, m'man ?

—Si on te trouve du travail, est-ce que tu vas rester ? Est-ce que tu vas bien te conduire ? Vraiment travailler, quel que soit ton emploi ?

—Oh, m'man, souffla Malcolm, tu ne me connais plus. Tu me vois encore au tribunal, quand j'ai failli aller en prison à cause de cette histoire avec Travis Gann. C'est à ça que tu penses quand tu penses à moi. Mais j'ai changé. À l'époque, j'avais même pas vingt ans. Aujourd'hui, j'en ai presque trente. J'ai passé plus de six ans à l'armée. J'ai bourlingué ici et là, j'ai trouvé des petits boulots, j'ai rencontré des gens. La maçonnerie ça va quand il fait beau, mais pas quand il fait trop chaud. La cuisine aussi c'est pas mal, si on n'est pas gêné par les odeurs de friture et d'être tout le temps sale et en sueur. Les fois où j'ai été viré, c'est parce que je me mettais en colère, ou bien quelqu'un se mettait en colère contre moi et qu'on se battait, mais la plupart du temps c'était pas de ma faute. Je te le dirais si ça l'était, mais ça l'était pas. Tu dois penser que pendant ces dix ans où j'étais parti je suis devenu comme papa. Mais je suis pas comme lui. Je suis jamais allé en prison et j'ai été arrêté qu'une fois, dans un bar à Boston, sauf que c'est même pas moi qui m'étais battu. C'était d'autres types, mais ils ont embarqué tout le monde. C'est tout. Alors je sais bien que vous me regardez en vous demandant avec qui je vais me bagarrer la prochaine fois ou qui j'ai tué la semaine dernière, mais vous avez tout faux. »

Queenie, qui jusque-là était assise à l'autre extrémité du canapé, s'approcha d'un bond et prit son fils dans ses bras.

« Bien sûr ! J'ai toujours su que tu n'étais pas comme ça ! »

Malcolm se mit à rire.

« Bah voyons. Tu y crois, toi, Lucille ? La vérité, c'est que tu pensais que je croupissais quelque part en taule, pas vrai, m'man ? »

Queenie fit non de la tête.

« Je croyais que tu étais mort. »

Sister appela à ce moment-là, requérant la présence de Queenie. Celle-ci mit son fils épuisé au lit, puis alla chez sa voisine l'écouter se plaindre jusqu'à l'aube.

Le lendemain, elle emmena Malcolm acheter des vêtements neufs à Pensacola. Son fils prit peur en voyant la somme astronomique qu'elle dépensa et protesta contre une telle générosité.

« Malcolm, enfin, j'ai de l'argent ! se justifia-t-elle. Qu'est-ce que je peux faire de mieux que le dépenser pour mes enfants ? Tu veux que je t'achète toute la boutique ? J'ai les moyens, tu sais. »

Lors des déjeuners suivants chez Elinor, on discuta à profusion de l'avenir du jeune homme. Ni la maçonnerie ni la cuisine à grande échelle n'étaient des spécialités très recherchées à Perdido, et de toute façon Queenie estimait qu'il était temps pour son fils de trouver un poste respectable. Malcolm, néanmoins, avait peu de compétences, le marché du travail tournait au ralenti, et personne – du moins, pour l'instant – ne savait que faire de lui. Les semaines passèrent et le temps commença à peser sur Malcolm.

Lorsque Billy était surchargé de travail, il faisait appel à Malcolm et l'envoyait à Pensacola ou à Mobile pour livrer des documents, en récupérer ou s'occuper de petites choses. Malcolm consentit à ce que sa mère l'accompagne dans la plupart de ses déplacements. Billy avertit Miriam que le jeune homme pouvait se montrer utile, aussi le chargea-t-elle d'apporter telle somme d'argent à tel agriculteur du comté de Washington qui ne faisait pas confiance aux paiements par chèque, ou de livrer à l'épouse d'un représentant du Congrès un sac de maïs récolté à Gavin Pond.

Malcolm acquit la réputation au sein de la famille de mettre toute sa bonne volonté dans les courses triviales mais chronophages et pénibles qu'on l'envoyait faire. Bientôt, Elinor et Sister se mirent à l'employer elles aussi. Si une gouttière se détachait lors d'une tempête, Malcolm s'arrangeait pour que quelqu'un vienne la réparer. Si une robe achetée à Mobile n'était pas à la bonne taille, il allait l'échanger. Si on avait besoin d'acheter des billets de train, il s'en chargeait à la gare d'Atmore. Les voitures des Caskey étaient toujours révisées et leurs réservoirs pleins. Il s'assurait qu'il y avait du bois et du charbon en quantité suffisante et chassait les chauves-souris qui s'aventuraient parfois dans la cheminée d'Elinor. Il était certes lui-même incapable de réparer un aspirateur, mais il savait à qui faire appel pour que ce soit fait dans la journée. Au moindre problème, les Caskey restaient confortablement installés et disaient : « Qu'on appelle Malcolm pour lui demander de s'en occuper. » À la fin de l'été, le jeune homme avait autant de travail que Miriam ou Billy dans leurs bureaux respectifs. En bref, il devint l'homme à tout faire de la famille, qui se demanda bientôt comment elle avait pu se débrouiller sans lui tout ce temps. Billy lui offrit un salaire.

« Mais c'est quoi mon boulot exactement ? demanda le jeune homme. Je suis heureux d'aider à tout ça, vu que je fais pas grand-chose d'autre.

— S'assurer que la mécanique reste bien huilée mérite rétribution, Malcolm, répondit Billy. Et puis, on a les moyens de te payer. Prends l'argent. »

Les Caskey se souvenaient à peine de l'ancien Malcolm tant la différence avec le nouveau était frappante. Chacun s'accorda à dire qu'il avait dû beaucoup souffrir pendant ses années d'exil. Il était calme, mais pas amorphe ; désormais, il faisait preuve de mesure. Ses sautes d'humeur n'avaient pas disparu, mais lorsqu'il les sentait arriver à cause d'un prétendu affront ou d'un contretemps, il s'éloignait et allait jeter des pierres sur l'objet le plus proche qu'une telle attaque ne risquait pas de blesser, ou alors il descendait une des bières tiédasses qu'il gardait toujours dans une caisse à l'arrière de sa voiture ; et bien vite, il se tenait de nouveau tranquille. Parfois, ses accès de mauvaise humeur duraient plus longtemps. Il restait alors dans sa chambre. Queenie déposait des plateaux-repas devant sa porte. Personne n'essayait jamais de le forcer à en sortir ni ne lui demandait plus tard la raison de son attitude.

Miriam le traitait comme elle traitait tout le monde : avec désinvolture, impatience et quelquefois une franchise pénible. Queenie se crispait parfois en entendant certaines choses qu'elle disait à son fils, mais Malcolm prenait invariablement la défense de Miriam :

« Elle a raison de me le dire, maman, et tu le sais.

— D'accord, mais elle n'a pas à le faire haut et fort, et certainement pas quand il y a du monde pour l'entendre. »

Miriam était très occupée. À l'exception d'une seule, toutes les compagnies pétrolières avaient téléphoné afin de demander plus d'informations. Les cadres avaient du mal à croire que la Miriam à l'autre bout du fil dans son bureau à Perdido soit la « naïve » jeune femme aux robes élégantes qui avait soupiré et minaudé dans leurs locaux au Texas et en Oklahoma. À chacun, Miriam leur annonça la même chose : « Vous n'êtes pas les seuls intéressés. Envoyez d'abord quelqu'un ici, que je lui montre le terrain. Puis vous enverrez quelqu'un d'autre, qu'on parle argent. »

Elle écarta les premières propositions de forage. Au téléphone, les hommes essayaient de la convaincre :

« Laissez-nous tout prendre en charge, Mademoiselle Caskey.

— Non merci, répondait-elle sèchement. Si vous êtes vraiment intéressés, faites venir un géologue, un ingénieur, un comptable et un avocat. Alors seulement, nous parlerons affaires. »

Ainsi, au cours des semaines suivantes, ces mêmes professionnels se mirent à débarquer les uns après les autres à Perdido, où ils logeaient à l'*Osceola*. Miriam et Malcolm les conduisaient à la ferme de Gavin Pond et leur présentaient Grace et Lucille. Ensuite, à bord de deux canots à moteur, Malcolm et Grace les guidaient à travers le marais. Miriam s'asseyait à la proue d'une des embarcations, et Lucille à l'autre, la rame levée prête à chasser alligators et serpents d'eau. Miriam n'avait plus peur de ces marécages, car pour elle, il en allait de ses intérêts.

Elle savait que ces balades n'étaient pas très utiles ; les comptes rendus de ses propres géologues et ingénieurs étaient amplement suffisants. Néanmoins, elle souhaitait mettre le doigt sur les différences entre les compagnies pétrolières, et pour ça, elle n'avait pas trouvé de meilleur moyen que de rencontrer leurs représentants les plus qualifiés.

Un mois après son retour du Texas, Miriam et les autres Caskey signèrent un contrat préliminaire autorisant la Texas National Oil à creuser deux puits d'exploration dans le marais. L'offre de la compagnie n'était pas la plus élevée, mais Miriam, sachant pertinemment que de grandes quantités s'y trouvaient, avait privilégié le contrat dont le pourcentage après découverte et extraction du pétrole était le plus avantageux. Texas National consentit à augmenter de deux points le barème des redevances, à condition que Miriam prenne en charge le coût d'installation de l'un des deux puits. Il faudrait six mois pour peaufiner les détails et faire venir les machines adéquates jusqu'en Floride, où personne n'avait encore jamais foré jusque-là.

« Tout ça va coûter beaucoup d'argent, dit Oscar pendant le dîner, le soir où ils apposèrent la dernière signature sur le contrat. Tu es sûre que c'était la meilleure option ? »

Miriam haussa les épaules.

« Avec le pourcentage qu'ils nous offrent, ce sera remboursé dès la première année.

— S'il y a du pétrole, remarqua Oscar.

— Elinor dit qu'il y en a, fit Miriam en lançant un regard à sa mère de l'autre côté de la table. Et je suis partie de là. Si on finit tous à la soupe populaire, il faudra vous en prendre à elle, pas à moi. »

Grâce à la scierie, la ville fourmillait d'activité et prospérait tandis que, masquées par les digues rouges, la Perdido et la Blackwater coulaient sans être dérangées. Frances nageait dans la rivière tous les jours – tout le monde en ville le savait, c'était même un argument qu'avançaient certains gamins de dix ou onze ans dont les parents leur interdisaient de s'y aventurer. « Frances Caskey, objectaient les adultes, faisait des longueurs à Lake Pinchona avant que tu sois né. Et de toute façon, libre à sa famille de la laisser risquer sa vie tous les après-midi. Mais toi, jeune homme, hors de question que tu te noies dans un tourbillon. Un point c'est tout. »

Ces mêmes parents ignoraient toutefois la coutume immémoriale des garçons de Perdido, qui consistait à se baigner nu dans la rivière le jour de l'An. L'eau étant glacée à cette période, le rituel n'était pas des plus agréables. Cependant, les garçons y voyaient une déclaration, fantasmée, d'indépendance, autant qu'un défi en hommage à leurs frères aînés. L'événement avait généralement lieu au sud de la ville, à un endroit où la Perdido était large et peu profonde – même les plus jeunes et insouciants refusaient de courir le risque d'être aspirés par le vortex à la confluence. Le jour de l'An 1948, sept enfants se glissèrent hors de chez eux à neuf heures du matin pour leur rendez-vous clandestin. La journée était nuageuse et fraîche tandis qu'ils ôtaient veste, chemise, bretelles, pantalon et sous-vêtements. L'un après l'autre, ils sautèrent dans l'eau, se servant du tronc d'un arbre échoué comme d'un plongeoir. L'eau était plus froide qu'ils ne l'avaient imaginé, et leurs dents claquaient alors même qu'ils criaient à leurs récalcitrants camarades de les rejoindre. Enfin, lorsque le plus timide d'entre eux eut glissé le long de la berge boueuse et sauté en hurlant dans l'eau glacée, les sept garçons jouèrent à s'éclabousser, à se couler, à faire des cabrioles et nager un peu, jusqu'à décréter qu'il était temps de sortir.

Six garçons grimpèrent sur la rive.

Le septième – le plus jeune des Gully dont le père possédait la concession automobile de Perdido –

manquait à l'appel. Ses amis coururent le long de la rive en l'appelant frénétiquement. Ils sondèrent la rivière à l'aide de longs bâtons ; ils lancèrent dans le vent quelques menaces pour la peur qu'il leur fichait ; ils contemplèrent impuissants les flots tumultueux et bourbeux, et firent le serment de ne jamais révéler qu'ils avaient été présents lors de la disparition de leur camarade. Ils savaient que leurs parents leur interdiraient à tout jamais de sortir. Ils rentrèrent chez eux par des voies séparées, des excuses toutes prêtes en tête – tremblantes victimes de la culpabilité.

À la fin de la journée, Madame Gully se rendit compte de la disparition de son fils. S'ensuivirent un grand tohu-bohu et des cris aigus. On interrogea ses six amis. Leurs dents claquaient de nouveau lorsqu'ils proférèrent leur mensonge, mais tous assurèrent ne rien savoir. Les vêtements du garçon disparu furent retrouvés sur la rive de la Perdido, et ses parents ne comprirent pas pourquoi leur fils était allé nager seul le jour de l'An. Les Gully, qui vivaient à Perdido depuis quelque temps, n'ignoraient pas le nombre de jeunes enfants que les eaux rouges de la rivière avaient déjà englouti. Ils abandonnèrent tout espoir de revoir leur fils. Pendant quelques jours, on envoya un vieil homme équipé d'un crochet pour sonder la rivière, mais uniquement pour la forme et la paix de l'esprit des grands-parents de l'enfant qui vivaient dans le Mississippi. La Perdido, comme chacun le savait, ne rendait pas ses morts.

Le jour de l'An 1948 tombait un jeudi. Ce soir-là pendant le dîner, Frances parut troublée. Après le repas, lorsque tout le monde se fut rassemblé au grand salon, Elinor lui fit signe de la suivre à l'étage.

« Qu'est-ce qui ne va pas, ma chérie ? », demanda-t-elle en conduisant sa fille dans sa chambre et fermant derrière elle. Frances s'assit sur le bord du lit de ses parents et jeta un coup d'œil à la masse sombre des chênes d'eau par la fenêtre.

« Un garçon est mort aujourd'hui. Le fils Gully.

— J'ai entendu dire qu'on le recherchait, répondit Elinor avec précaution. Je ne crois pas qu'on l'ait encore retrouvé.

— Ils ne le retrouveront pas », dit lentement Frances.

Elinor se posta devant la fenêtre.

« Nerita ? demanda-t-elle.

— Oui. »

Lorsque Elinor se retourna, sa fille pleurait doucement.

« Ma chérie, ces choses-là arrivent.

— Je lui avais pourtant dit de ne pas faire ça ! Je lui ai interdit de s'approcher des gens. Pourquoi ne peut-elle pas juste manger des poissons ? Elle adore les poissons-chats.

— Eh bien, on ne peut pas se nourrir uniquement de poissons-chats.

— Maman ! »

Elinor s'assit à côté de Frances et passa son bras autour de sa taille.

« Écoute, ma puce, il faut que tu gardes en tête que Nerita n'est pas comme toi ou moi. Tu arrives à te contenter du bœuf, du porc et du veau de Dollie Faye, et du gibier que rapporte Malcolm quand il va chasser dans la forêt et abat un cerf. Où est-ce que Nerita va trouver toute cette viande ? Ça a beau être une grande fille maintenant, elle est encore en pleine croissance. Elle a sans doute dû penser qu'elle en avait besoin…

— Maman ! Et s'ils décident de la pourchasser ? »

Elinor sourit.

« Ils seraient incapables de la trouver, chérie. Nerita n'aurait qu'à rester assise au fond de la confluence jusqu'à ce qu'ils s'en aillent. Le jour où on sortira quoi que ce soit de là-dessous n'est pas près d'arriver.

— Mais, maman, tu n'es pas triste pour le petit Gully ? Tu connais ses parents, ils sont adorables. Queenie n'arrête pas de leur acheter des autos, et ils sont toujours polis avec nous.

— Évidemment que j'ai de la peine pour eux. Mais qu'est-ce qu'on peut y faire ? Et de toute manière, que faisait ce garçon dans la rivière le jour de l'An ? Il fait si froid dehors !

— Nerita dit qu'ils étaient toute une bande, à l'écart de la ville. Elle a laissé entendre… » À ces mots, elle fit une grimace. « … qu'elle aurait pu tous les avoir si elle avait voulu. »

Elinor sourit à nouveau, avec ce qui s'apparentait à de la fierté.

« Impossible de l'arrêter, n'est-ce pas ? dit-elle.

— Impossible. »

Mère et fille restèrent silencieuses un instant.

« Il y a autre chose qui te tracasse, non ? »

Frances hocha la tête.

« Qu'est-ce qu'il y a ?

— Je ne suis pas sûre de vouloir te raconter.

— Mais tu vas le faire dans tous les cas, n'est-ce pas ? Autrement tu ne serais pas montée ici avec moi. Si tu n'avais pas eu l'intention de tout me dire, tu ne m'aurais rien dit du tout. Qu'est-ce qu'il y a ?

— Nerita n'a pas mangé le fils Gully en entier.

— Comment ça ?

— Elle… elle m'a gardé une part. »

L'ARMURE DE BILLY

Depuis son retour du Texas, Billy avait remarqué que sa femme avait changé. *Distante* n'était pas le mot exact, plutôt *préoccupée* – préoccupée par tout autre chose que leur fille Lilah. Il se demanda d'abord s'il ne l'avait pas mise en colère en partant deux semaines avec sa sœur, et l'interrogea à ce sujet.

« Frances, dit-il prudemment un matin pendant qu'il se préparait pour aller travailler et qu'elle changeait la couche du bébé, tu sais ce que j'aurais aimé ?

— Quoi ?

— J'aurais aimé ne pas être allé au Texas avec Miriam.

— Pourquoi ça ? demanda-t-elle. Miriam a dit qu'elle avait besoin de toi.

— En réalité... non. Elle s'est parfaitement débrouillée.

— Alors elle avait besoin de compagnie. Au fond

d'elle, Miriam n'est pas aussi indépendante qu'on le pense, que ce qu'elle-même pense. Tu étais là et ta présence l'a rassurée sur sa façon de faire.

— Donc, tu n'es pas fâchée que je sois parti ? »

Surprise, Frances leva la tête.

« C'est vraiment ce que tu crois ? Pourquoi aurais-je été fâchée ?

— Je ne sais pas, répondit Billy d'un ton embarrassé. Peut-être que tu crois...

— Que je crois quoi ? demanda-t-elle, perplexe, avant de comprendre où il voulait en venir. Qu'il y a quelque chose entre vous ? »

Il hocha la tête. Frances éclata de rire.

« Entre toi et Miriam ? Quelle idée, Billy !

— Pourquoi, est-ce si invraisemblable ?

— Parce que si tu avais voulu Miriam plutôt que moi, tu te serais marié avec elle. Quand tu es arrivé à Perdido, tu avais le choix. Et si Miriam avait voulu de toi, eh bien, tu habiterais la porte à côté et c'est Miriam qui passerait son temps à changer des langes. Voilà pourquoi je ris, Billy. Tu crois vraiment que j'imagine qu'il y a quelque chose entre vous ? Quand je vais raconter ça à maman, elle va mourir de rire ! »

La réaction de sa femme désarçonna Billy. Il n'avait pas cru l'idée aussi saugrenue qu'elle le laissait entendre.

« On dormait dans la même chambre, fit-il remarquer.

—Tout le monde sait que Miriam n'aime pas dépenser pour rien. Jamais elle ne t'aurait laissé prendre une chambre pour toi tout seul – je l'ai su dès que vous êtes partis. Seigneur, Billy, il s'agit de ma sœur », dit-elle en ouvrant sa robe de chambre et pressant Lilah contre son sein gauche.

Assise sur le siège à bascule de leur chambre, près de la fenêtre qui donnait sur la véranda, elle se mit à se balancer doucement. Lilah tétait, les paupières closes de satisfaction.

« Si ce n'est pas ça qui te tracasse, qu'est-ce qui ne va pas alors ? demanda Billy.

—De quoi est-ce que tu parles ?

—Tu es ailleurs.

—Quand ça ?

—Tout le temps. Il faut toujours tout te répéter deux fois, parce que tu n'écoutes jamais. Et tu ne penses à Lilah que quand elle se met à pleurer, ou quand Zaddie te prévient que c'est l'heure de lui donner à manger. Tu es constamment à la fenêtre en train de fixer la digue, comme si tu avais quelque chose de très important en tête. Ma chérie, je veux juste savoir s'il y a quelque chose que je peux faire pour t'aider. »

Frances ne dit rien pendant un moment, puis son visage devint grave. Lorsqu'elle répondit ce fut d'une voix douce, avec quelque chose dans son ton qui indiquait qu'elle ne cherchait pas à mentir mais à éluder la question.

« Ce n'est rien, Billy. En fait, non, c'est le fait d'être mère. C'est tout nouveau pour moi. C'est étrange. Je n'étais pas prête. Je pense tout le temps à ma petite fille. »

Billy eut un rire gêné.

« Dans ce cas, pourquoi a-t-elle toujours besoin d'être changée quand je la prends ?

— Tu vois ? répondit-elle précipitamment. Je ne suis pas encore habituée. Je ne sais pas encore comment bien faire les choses. C'est tout. Bientôt, je ferai exactement ce qu'il faut. »

Billy ne fut pas entièrement convaincu par cet échange. Le jour où il rentra du travail un après-midi et trouva Elinor dans la véranda, Lilah paisiblement endormie sur ses genoux, son malaise ne fit que s'accroître.

« Où est Frances ? demanda-t-il, fouillant la pièce des yeux comme si sa femme pouvait être cachée par le massif de fougères décoratives ou accroupie derrière la balancelle.

— Oh, elle est partie se balader, répondit Elinor, évasive.

— Depuis quand ?

— Un moment.

— Ce n'est pas vous qui devriez vous occuper de Lilah pendant qu'elle est je ne sais où.

— Billy, ça ne me dérange absolument pas ! J'adore cette enfant ! Si seulement elle était tout à moi... »

À cet instant, il entendit sa femme monter l'escalier. Il se dirigea vers le seuil de la véranda pour aller à sa rencontre et fut stupéfait de la trouver mouillée, décoiffée et pieds nus. Elle tremblait dans l'air froid et mordant de février.

« Qu'est-ce que tu fichais ? s'exclama-t-il.

— Je suis allée nager.

— Par un temps pareil ? On se gèle dehors !

— Je suis bien dans l'eau, souffla-t-elle en tâchant d'écarter son mari pour filer dans leur chambre. C'est quand je sors que j'ai froid. »

Billy la suivit dans la salle de bains. Frances ôta son peignoir et fit couler de l'eau chaude dans la baignoire.

« Je suis couverte de boue », dit-elle.

Et c'était vrai.

« Combien de temps es-tu restée dehors, Frances ? J'ai appelé juste après le déjeuner et Zaddie m'a dit que tu n'étais pas là. Il est seize heures… Tu as passé trois heures dans l'eau ?! »

Frances haussa les épaules et entra avec précaution dans le bain.

« Tu sais comment c'est, Billy, on perd la notion du temps. Et puis maman *adore* garder Lilah. Tu veux bien me laver les cheveux ? »

Les mois qui suivirent, la situation ne fit qu'empirer, du moins selon ce que Billy put observer.

Il était très occupé par leurs activités liées au pétrole : il y eut un deuxième séjour au Texas avec Miriam, et un troisième qu'il fit seul. Chaque déplacement durait plusieurs jours. Frances s'éloigna de plus en plus de lui et de leur fille, même si elle continuait à nier un quelconque changement. Elinor aussi le niait. Billy découvrit bientôt que Lilah avait été placée sous la garde quasi exclusive de sa belle-mère et de Zaddie. Frances arrêta d'allaiter sa fille à huit mois, puis elle fit installer son berceau dans la chambre de Zaddie.

« Ses pleurs m'empêchent de dormir, se justifia-t-elle. Il y a des nuits où je n'ai pas pu fermer l'œil une seconde. »

Frances semblait développer une aversion totale pour Lilah. Elle ne parlait jamais d'elle, ne la prenait jamais dans ses bras, ne jouait jamais avec elle. Lorsque Billy parlait de sa fille, Frances changeait de sujet. Lorsqu'il la prenait dans ses bras, sa femme tournait la tête. Et lorsqu'il jouait avec elle, Frances trouvait une excuse quelconque pour quitter la pièce. Il en discuta avec Elinor qui, comme à son habitude, nia avoir remarqué quoi que ce soit. Il se faisait des idées parce qu'il travaillait trop, objecta-t-elle, à moins que ça ne soit la fatigue qui accompagne inévitablement la naissance d'un enfant, ou même les effets du mauvais temps saisonnier sur l'humeur. En bref, rien qui eût à voir avec Frances.

Lorsque Billy appelait à la maison dans l'après-midi pour parler à sa femme, elle n'était jamais là. Et c'était le cas aussi bien s'il téléphonait à peine arrivé au bureau après le déjeuner, comme en milieu d'après-midi, ou même quelques minutes avant son retour à la maison. Elinor lui répondait à chaque fois que Frances était partie faire des courses, ou chez le tailleur, ou allée apporter un gâteau à quelqu'un de malade. Chaque fois que Billy essayait de vérifier ces histoires, Frances rétorquait : « Ah non, maman s'est trompée. Je suis allée acheter du bacon chez Dollie Faye. Je suis rentrée juste après qu'elle a raccroché avec toi. »

La nuit, une fois qu'ils avaient éteint, il arrivait que Billy supplie Frances de lui dire ce qui était en train de se passer, et pourquoi elle agissait de façon si étrange.

« Il n'y a rien, Billy, absolument rien. »

Il avait d'abord pensé qu'elle souffrait d'un problème physique et l'avait pressée de prendre rendez-vous avec le docteur Benquith ou avec le nouveau médecin en ville. Frances avait refusé.

« Je vais bien, Billy. Je t'assure. »

Et effectivement, Frances paraissait chaque jour en meilleure santé. Billy fut parfaitement sidéré de découvrir qu'elle semblait avoir grandi – elle faisait désormais presque la même taille que lui ! Il la fit se tenir contre le cadre de la porte de leur chambre et marqua sa taille avec un crayon. Puis il se plaça au même endroit et Frances marqua la sienne. Il ne la dépassait que de quatre ou cinq centimètres.

« Je suis sûr et certain que quand on s'est mariés, tu mesurais bien dix centimètres de moins que moi !

— Mes cheveux sont coiffés différemment, prétendit-elle. Et puis je fais des étirements. »

Elle paraissait également gagner en force physique. Un matin après le petit déjeuner, alors que Billy venait de passer le porche pour aller travailler, il réalisa qu'il avait oublié du courrier sur sa commode. Il remonta à l'étage, longea le couloir et s'apprêtait à entrer dans sa chambre mais ce qu'il vit le coupa dans son élan. Frances était accroupie à un coin du lit, qu'elle soulevait d'une seule main, vraisemblablement pour attraper quelque chose qui avait glissé dessous. Il la regarda, stupéfait, récupérer une boucle d'oreille en perle et reposer délicatement le lit au sol.

« Frances ! Tu vas te casser le dos ! »

Se relevant, elle lança simplement : « Oh, ce vieux lit a l'air lourd, mais en fait non. »

Billy s'avança, attrapa d'une main le cadre du lit et tenta de le soulever. Tout ce qu'il y gagna, ce fut une crampe au bras.

Billy effectua un quatrième séjour à Houston, de nouveau avec Miriam, en avril 1948. Cette fois, Malcolm leur servait de chauffeur tandis que Billy et Miriam, installés à l'arrière de la nouvelle Cadillac que Billy avait achetée pour la famille, examinaient documents et courriers, et discutaient inlassablement stratégie. Billy appela sa femme chaque jour au cours de cette semaine au Texas. Trois fois, elle n'était pas à la maison, et une fois, elle dormait et Zaddie refusait de la réveiller ; il ne parvint à lui parler qu'à deux reprises, et encore, brièvement. Lors de ce voyage, Billy et Malcolm partagèrent exceptionnellement une chambre, tandis que Miriam dormait seule.

« Miriam, dit-il à sa belle-sœur un soir devant un apéritif, la veille de leur retour à Perdido. Je ne sais pas quoi faire.

— À quel propos ? »

Miriam avait décidé que, ce soir-là, tout s'étant passé exactement comme prévu, Billy, Malcolm et elle allaient célébrer leur réussite dans le meilleur restaurant de la ville. Elle portait une nouvelle robe et avait minutieusement supervisé l'achat d'un costume pour Malcolm. Elle gardait un œil vigilant sur ses manières à table. « Pas la peine de regarder le menu, Malcolm. Je vais choisir pour toi. »

« À propos de Frances, poursuivit Billy une fois que le serveur eut pris leur commande. Elle a... Est-ce que tu as remarqué qu'elle a changé depuis la naissance de Lilah ?

— Comment ça ? demanda Malcolm.

— Comment ça ? répéta Miriam.

— Elle a… changé, c'est tout, répondit Billy en haussant les épaules. Elle agit bizarrement. Comme si Lilah n'existait pas. Ce sont Elinor et Zaddie qui l'élèvent. Je crois que les seules fois où Frances s'approche de la petite, c'est quand je suis à la maison et que je la lui mets dans les bras.

— Peut-être que Frances n'aime pas les bébés, suggéra Miriam. À sa place, je serais comme elle.

— Je crois plutôt qu'elle n'aime pas Lilah. C'est presque comme si elle avait l'impression que ce n'était pas son bébé, pas le bon bébé, mais comme une sorte de substitut, et qu'elle ne voulait rien avoir à faire avec elle.

— Elle est peut-être en colère parce que tu es tout le temps en déplacement, avança Miriam.

— Elle me jure que non.

— Malcolm, appelle le serveur, dit Miriam. Et essaye de le faire sans te lever et agiter les bras au-dessus de ta tête. »

Malcolm fit un signe de tête au serveur. Lorsque celui-ci s'approcha, Miriam commanda une autre tournée.

Le deuxième cocktail délia la langue de Billy.

« Vous savez ce qu'elle fait ?

— Qu'est-ce qu'elle fait ? demanda Miriam.

— Elle croit que je ne suis pas au courant.

— Qu'est-ce qu'elle fait ? répéta Malcolm.

— Tous les jours, elle va nager dans la Perdido. Elle y reste des heures et des heures.

— Elle tient ça d'Elinor, indiqua Miriam. C'est elle qu'il faut blâmer pour ça.

— Elle y va aussi en hiver, poursuivit Billy. Elle y était même la fois où il a fait tellement froid que les canalisations ont gelé. Chaque fois que j'appelle à la maison, elle n'y est pas. Elinor lui trouve toujours une excuse, ou Zaddie invente n'importe quoi, mais moi je sais où elle est. Elle est en train de nager dans cette foutue rivière. Si je montais sur la digue et que je regardais en contrebas, Frances serait là, à faire des ronds dans une eau à se geler…

— … les couilles, compléta Malcolm.

— Tu l'as déjà vue faire ? demanda Miriam tout en lançant un regard noir à Malcolm.

— Non, mais je le sais.

— Je ne vois pas ce que ça change, dit Miriam.

— Ça change tout ! s'écria Billy. Je ne comprends rien à ce qu'elle fait, plus rien. Elle ne me dit pas ce qui lui arrive. Elle fuit notre enfant comme la peste. J'ai peur qu'un jour elle aille voir un avocat à Mobile pour demander le divorce, conclut-il à voix basse.

— Le divorce ?! s'exclama Miriam.

— Elle ne m'aime plus, c'est évident. Si elle m'aimait, elle aimerait notre fille. Elle ne passerait pas son temps à me mentir. Elle me dirait ce qui ne va pas. Et moi qui croyais qu'elle m'aimait.

— Moi aussi, je le croyais, dit Miriam. Et si ce n'est pas le cas ?

— Alors elle voudra se débarrasser de moi.

— Pas forcément. Peut-être qu'elle te permettrait de rester. »

Billy secoua la tête.

« Miriam, tu ne comprends pas ? J'aime profondément votre famille. Je ne veux pas quitter Perdido. C'est *ça* qui me fait peur. Si Frances ne veut plus de moi, elle me forcera à partir. »

Miriam éclata de rire.

« C'est ça qui t'inquiète, Billy ? Tu crois vraiment qu'on te laisserait partir ? Même si Frances et toi divorciez, Elinor refuserait que tu t'en ailles. Elle se contenterait de t'installer dans la chambre d'ami. Et si Frances ne voulait pas de toi chez elle, tu viendrais vivre avec Sister et moi, c'est tout. Pour rien au monde, on ne te laisserait partir. C'est la chose la plus bête que j'aie jamais entendue de la bouche d'un homme. Malcolm, on ne croque pas ses glaçons. »

Sceptique, Billy regarda Miriam.

« Je ne peux pas tout gérer seule », poursuivit-elle. L'alcool la poussait elle aussi aux confidences. Elle secoua la tête. « Oscar est un poids mort. C'est comme s'il avait pris sa retraite. Il ne fait plus rien, il me laisse tout gérer. Il a chargé un employé de la cour et un autre des bois de prendre toutes les décisions à sa place. Oscar ne fait que se promener et bavarder. Il va chez le barbier et écoute les commérages. Il y a une arrière-boutique, là-bas, dont personne n'est supposé connaître l'existence : c'est là où les vieux messieurs se réunissent pour jouer aux dominos l'après-midi. Un *cent* le point. Oscar pense que je ne suis pas au courant. Alors, qu'est-ce que je ferais sans toi, Billy ? Comment est-ce que je m'en sortirais si je me retrouvais seule à bord ?

— Moi, je serais là pour t'aider, Miriam, intervint Malcolm. Je le ferais avec plaisir.

— Quelle aide pourrais-tu m'apporter ? répliqua-t-elle. Il faut que je te surveille tout le temps. J'ai besoin de Billy et du travail qu'il fournit depuis son bureau en centre-ville. J'ai besoin de quelqu'un à qui je peux parler des affaires en cours. Je ne peux pas tout faire seule. Donc, Billy, si Frances demande le divorce, c'est moi qui t'épouserai. On ne va pas te laisser filer, garde bien ça en tête. »

On leur apporta les entrées et la conversation changea de sujet. À voix basse, Miriam enseigna à Malcolm l'art de déguster convenablement des palourdes farcies et quoi faire des coquilles.

La plus grande crainte de Billy avait été d'être banni du clan au cas où Frances mettrait un terme à leur mariage. Il avait vu la façon dont Sister avait traité Early. Il avait toujours considéré qu'il était marié à la famille, comme si les Caskey étaient une seule épouse, et Frances, leur représentante portant simplement l'alliance. Miriam lui avait assuré que si le pire venait à arriver et que Frances ôtait cette alliance, elle la reprendrait pour la glisser à son propre doigt.

C'est avec cette pensée à l'esprit qu'il rentra à Perdido. Malcolm gara le véhicule devant chez Miriam et se mit à décharger les valises. Billy se rendit aussitôt chez lui et appela sa femme.

Zaddie lui ouvrit la porte-moustiquaire, un doigt sur les lèvres.

« Le bébé dort ? demanda-t-il.

— Non, répondit la domestique. Mademoiselle Frances est malade, elle est couchée. »

Ce n'est pas ainsi que Billy avait imaginé son retour à la maison. Il se précipita à l'étage. Bien que la porte de leur chambre soit fermée, il entra sans frapper. Les volets étaient clos, et les rideaux, tirés ; il faisait presque entièrement noir.

« Ferme la porte ! », lança Elinor. Elle était assise sur le siège à bascule en acajou au chevet du lit. Billy referma derrière lui.

Il distinguait à peine sa femme dans l'obscurité. Malgré la tiédeur du soir, elle était étendue sous d'épaisses couvertures. Elle se tourna.

« Bonjour, Billy, murmura-t-elle.

— Qu'est-ce qui se passe ? Zaddie m'a dit que tu étais malade.

— Tout va bien, répondit-elle d'une voix faible. Je me sens un peu patraque, c'est tout.

— Elinor, qu'est-ce qu'elle a ?

— Ma petite chérie n'est pas dans son assiette. Mais ça va aller. Tu lui as manqué. Ton séjour s'est bien passé avec Miriam ?

— Très bien, répondit-il d'un air absent. Que dit le médecin ?

— Rien, fit Frances. Je n'ai pas besoin de docteur. Seulement d'un peu de repos. J'ai dû me surmener pendant ton absence. Il faut que je reste quelque temps au lit, c'est tout. J'espère que tu ne m'en voudras pas, mais on a déménagé quelques-unes de tes affaires dans la chambre d'ami. Je dors mal en ce moment, j'ai besoin d'être seule pour me reposer. Mais ça ira mieux dans un ou deux jours. On remettra tes affaires ici. Tu m'as beaucoup manqué. »

Il y avait quelque chose de doux et d'aimant dans sa voix. Billy ne l'avait pas entendue lui parler de cette façon depuis si longtemps qu'il faillit fondre en larmes tant son émotion et sa surprise étaient grandes.

« Moi aussi, tu m'as manqué.

— Billy, pourquoi n'irais-tu pas défaire tes valises ? dit Elinor. Frances va essayer de se reposer.

— À plus tard, Billy, dit faiblement Frances. Je suis heureuse que tu sois rentré.

— Je serai juste à côté, mon amour, la rassura-t-il. Si tu as besoin de quoi que ce soit, tu m'appelles. »

Elinor se leva et conduisit Billy dans le couloir.

« Est-ce qu'elle va vraiment bien ? », souffla-t-il.

Sa belle-mère sourit et hocha la tête.

« Ne t'en fais pas, elle sera sur pied dans un jour ou deux. »

Elinor revint dans la chambre.

« Il est parti ? chuchota Frances.

— Parti, non, répondit sa mère. Il est juste dans la pièce à côté. Et moi, je suis toujours très en colère contre toi, ma chérie.

— Maman, je te l'ai déjà dit, je n'ai pas pu m'en empêcher !

— Tu aurais dû. Tu sais pourtant qu'il ne faut pas rester aussi longtemps dans l'eau. Je me suis fait un sang d'encre. Tu vois le résultat ?

— Je ne savais pas que ça arriverait.

— Je te l'ai dit et répété : tu ne peux pas rester plus de quelques heures dans la Perdido.

— Je meurs de chaud », dit Frances en repoussant les couvertures. Ses puissantes jambes grises glissèrent sur les draps avec un bruit mouillé. À présent qu'ils n'étaient plus captifs des lourdes couvertures, elle étira ses pieds palmés et les fit gigoter. Puis elle se tourna légèrement, et sa puissante queue grise glissa sur le côté du lit pour pendre vers le sol.

LA FORTUNE

Billy présuma qu'Elinor avait eu une longue discussion avec sa fille, car après sa brève maladie, au cours de laquelle elle était restée enfermée deux jours dans sa chambre sans qu'il puisse jamais la voir, Frances parut soudain aller mieux, redevenant presque la jeune femme qu'il avait épousée. Elle faisait de toute évidence des efforts pour se rapprocher de lui et de Lilah. Elle n'était plus distraite et son timide sourire d'autrefois revint même parfois. Billy retrouva son lit aux côtés de sa femme.

Elle continua à nager chaque jour dans la Perdido, mais uniquement une petite heure. En outre, ni elle, ni Elinor, ni Zaddie n'en faisaient plus un secret. Un jour, Oscar confia à Billy : « Quand Elinor et moi nous sommes mariés, Elinor allait y nager tous les jours. Ma mère n'approuvait pas du tout. En fait, personne ne comprenait. Mais Elinor a continué à n'en faire qu'à sa tête, et moi, je ne disais rien, sauf pour lui demander si l'eau avait été bonne. Et c'est peut-être ce que tu devrais faire avec Frances. Parce que, que tu le veuilles ou non, elle ira. »

Billy ne s'opposa pas aux baignades quotidiennes. Bientôt, tout le monde en ville sut que Frances nageait dans le dangereux courant, comme sa mère des années plus tôt. Les gens secouaient la tête, dubitatifs, mais après tout, les Caskey étaient riches. Ils pouvaient bien faire ce qu'ils voulaient.

Billy pensait qu'il devrait être satisfait à présent : tous les couples passaient par une période d'adaptation après le mariage. La leur n'avait été ni aussi houleuse ni aussi longue que chez d'autres. Néanmoins, il ne parvenait à se défaire du sentiment dérangeant que la Frances qui partageait sa couche n'était plus celle avec qui il s'était marié. Il lui semblait qu'elle jouait le rôle de l'épouse et de la mère. Les soins qu'elle apportait à Lilah semblaient manquer de naturel, comme si elle suivait à la ligne une liste de choses à faire afin d'élever correctement un enfant. Les avances timides qu'elle lui faisait au lit auraient pu être jugées conformes à celles encouragées par les dépliants distribués en pharmacie. C'était comme si ses paroles et ses humeurs avaient été calculées pour afficher une sorte d'image de la normalité.

Il y avait certes des occasions où Billy avait l'impression de *voir* la vraie Frances. Un jour qu'il était rentré en plein après-midi pour récupérer des documents auprès d'Elinor, il croisa sa femme dans le vestibule. C'était une journée fraîche, cependant elle se promenait pieds nus, sans chapeau et rien sous son peignoir entrouvert ; elle rentrait de sa baignade. Alors qu'il la vit le premier, elle souriait, radieuse. Mais ce sourire s'évanouit quand elle posa son regard sur lui dans la pénombre du hall.

Certains soirs, alors qu'Oscar et lui bavardaient dans la véranda avec le reste de la famille, il regardait par la fenêtre donnant sur la chambre, et voyait sa femme assise devant sa coiffeuse en compagnie d'Elinor qui lui brossait doucement les cheveux. Leurs voix étaient basses et mélodieuses, mais il ne parvenait jamais à distinguer ce qu'elles se disaient.

Billy s'accoutuma tant à la nouvelle Frances qu'il en vint progressivement à oublier l'ancienne. Quoiqu'il travaillât constamment avec Miriam, ils ne reprirent jamais la discussion qu'ils avaient eue à Houston et durant laquelle Miriam lui avait dit qu'elle l'épouserait si Frances demandait le divorce. Ce fut comme si Billy avait deux femmes : les deux sœurs Caskey. Frances restait à la maison, élevait leur enfant, s'occupait de son linge et se couchait à ses côtés la nuit ; Miriam lui téléphonait cinq à six fois par jour, partait en voyage d'affaires avec lui et partageait le même travail et les mêmes intérêts pour les finances. Aucune femme n'était jalouse des privilèges de l'autre. Billy se demanda si ce qu'il vivait là ne constituait pas la perfection dans la vie d'un homme. Au fil des mois, il conclut que si.

À la fin octobre 1948, le matériel de forage arriva par bateau du Texas jusqu'à Pensacola, avant de remonter la Perdido à bord d'une barge. Ainsi qu'Elinor l'avait montré à Miriam plus d'un an auparavant, le marais au sud de Gavin Pond n'était séparé de la rivière que par une mince frontière d'herbes hautes et de cyprès. En cas de violentes averses, ces îlots herbeux étaient submergés, et le marécage déversait dans le cours d'eau son excédent de pluie. À grand-peine, et avec l'aide d'une centaine d'ouvriers de Louisiane au juron facile dévorés par les moustiques, les machines furent transportées à l'intérieur du marais, jusqu'à une île dont Miriam avait garanti – appuyée par la certitude d'Elinor – qu'elle n'avait jamais été inondée. Le forage du premier puits commença en janvier 1949. La même semaine, du pétrole en jaillit.

Un deuxième puits, creusé à cinq cents mètres du premier et plus proche de la ferme, donna du pétrole au bout de trois jours.

La compagnie pétrolière fut stupéfaite. Miriam n'était pas géologue. Elle n'avait même aucune expérience en la matière. Or ses cartes de forage étaient étonnamment précises. Interrogée, elle se contenta de sourire et de dire qu'elle savait toujours ce qu'elle faisait. Elle ne révéla jamais qu'elle tenait ses renseignements d'Elinor.

Grace et Lucille tiraient une immense fierté des torchères en flammes qui illuminaient le ciel nocturne au sud de leur propriété, visibles par la fenêtre de leur chambre et même depuis leur lit. Sans mâcher ses mots, Grace déclara : « Tu sais ce que ça sent, Lucille ? Ça sent l'argent, l'argent, l'argent. »

On dégagea un canal dans le marais afin de faciliter l'accès aux petites barges qui collectaient le pétrole. C'était plus simple, pensait-on, que de construire une route à travers les marécages pour le transporter par camion. Un troisième puis un quatrième puits furent creusés depuis des plates-formes bâties au milieu du marais. Désormais, il ne faisait plus aucun doute qu'eux aussi extrairaient le précieux or noir.

Perdido assistait ébahie à ces événements. Le pétrole se trouvait au Texas, en Oklahoma et en Louisiane. Pas en Alabama ou en Floride. Que Grace et Lucille fassent construire un moulin à vent dans leur ferme était une chose, c'en était une autre qu'elles se mettent à trouver des gisements pétrolifères sur leur propriété.

Lorsque commencèrent à affluer dans le comté d'Escambia, en Floride, les barges chargées d'équipements de forage, les bateaux de dragage, les dockers, les ingénieurs et les foreurs, les contremaîtres, les mécaniciens, les cuisiniers et tout un tas de main-d'œuvre, la nouvelle se répandit à travers tout le corridor de Floride et d'Alabama : on avait découvert du pétrole. Et le pétrole, comme chacun sait, valait beaucoup plus que le bétail, les noix de pécan et le pin jaune. Si vous possédiez les terres sous lesquelles il gisait, le pétrole faisait de vous quelqu'un de riche. Plus besoin d'attendre trente ans avant que votre pacanier arrive à maturité. Plus besoin de nourrir le bétail, ou de planter des rangées entières de graines en s'inquiétant sans cesse des insectes et des feux de forêt. On n'avait qu'à signer un bout de papier, puis encaisser les chèques émis par des banques texanes. Le pétrole était la richesse préférée des paresseux. Un homme qui avait fait fortune dans le pétrole avait tout le respect de ses voisins, d'une manière que celui qui avait travaillé dur et économisé toute sa vie ne percevrait jamais.

En quinze jours, les rares terres disponibles à la vente qui s'étendaient de part et d'autre de la rivière, de la ville jusqu'au golfe du Mexique, virent leur prix quintupler. Le gouvernement fédéral possédait la majeure partie du terrain sur la rive est de la Perdido. La rive ouest se composait de forêts, dont la moitié appartenait aux Caskey. Les agriculteurs ayant la chance de posséder de petites propriétés de vingt ou vingt-cinq hectares les vendirent pour près de cinquante mille dollars et déménagèrent aussitôt à Bay Minette ou à Foley, où ils savourèrent la joie d'être enfin libérés des contraintes du sol récalcitrant de Baldwin. D'autres s'accrochèrent. Si la valeur de la terre avait quintuplé en deux semaines, qu'en serait-il dans six mois ou dans un an ?

Miriam fut auréolée d'un tout nouveau prestige au sein de la famille. Les Caskey lui étaient reconnaissants non tant d'avoir convaincu la Texas National Oil de faire venir ses hommes et ses machines dans un marécage perdu à trente kilomètres de nulle part et de leur donner de l'argent pour ce qui, de toute façon, n'aurait été utile à personne, mais plutôt de s'être assurée – avant même que l'affaire soit conclue – que chaque membre de la famille recevrait une part égale des bénéfices. Les Caskey détenaient le marais en commun : c'est la raison pour laquelle il avait fallu tant de signatures et qu'un si grand nombre de procurations avait transité entre les banques et les avocats. Lorsque le pétrole se mit à jaillir, Billy distribua les chèques. Tout le monde dans la famille – y compris Miriam et Billy – s'étonna de leurs faramineux montants. À l'automne 1949, alors que les puits n'étaient en activité que depuis neuf mois, les redevances sur le pétrole leur rapportaient à eux seuls plus que le total des bénéfices de la scierie.

« Je ne sais pas pourquoi on continue à travailler, dit Oscar en contemplant l'un de ces chèques.

On pourrait fermer la scierie et profiter de la vie.

— Et mettre six cents personnes au chômage, objecta Miriam. Et devenir gros et paresseux.

— Je suis déjà gros et paresseux », fit remarquer son père.

Miriam ne fit aucun commentaire.

Après avoir reçu leur chèque, les Caskey l'endossaient puis le rendaient à Billy.

« Que suis-je censée faire de tout cet argent ? demanda Queenie. Je n'arriverais pas à le dépenser même si j'y travaillais sept jours sur sept. Tiens, Billy, reprends-le et investis-le quelque part. »

Billy éclata de rire.

« Queenie, si je l'investis, tu vas en gagner encore plus.

— Alors ne m'en parle pas. Fais-le, c'est tout. »

Tandis que les puits continuaient à pomper du pétrole et que d'autres étaient creusés, les Caskey s'habituèrent à leur nouvelle fortune, même s'ils ne comprirent jamais véritablement le sens d'une telle prospérité. Queenie, par exemple, calculait chaque somme en tant que fraction ou multiple de vingt-neuf dollars, ce qui avait été le coût d'une robe neuve en 1943. Un chèque de cent seize mille dollars équivalait donc à l'achat de quatre mille robes, si bien que Queenie ne pouvait imaginer de dressings assez vastes pour contenir une telle garde-robe. Son esprit se bornait à pouvoir imaginer une voiture neuve par an ; au-delà, il fatiguait.

Miriam continuait à diriger la scierie. Et avec Billy, ils guidaient la famille à travers les machinations des compagnies et dans l'exploitation du marais. Ils se déplaçaient pour affaires non plus seulement à Houston, mais aussi à la Nouvelle-Orléans, Atlanta et New York – parfois même en avion. Les Caskey étaient riches, aussi leurs investissements se complexifièrent-ils. Quelle que soit la ville que Miriam visitait, elle s'offrait toujours un bijou en diamant, en perle ou en pierre précieuse qui venait ensuite garnir un coffre-fort – parmi les sept qu'elle possédait désormais. Mais même quand elle et Billy passaient une soirée dans un night-club au cours de l'un de leurs voyages, elle ne portait jamais de bijou à l'exception d'une paire de boucles d'oreilles en diamant qui avaient appartenu à Mary-Love.

Lors de ces premières années de faste, les Caskey ne changèrent pas autant que les habitants de la ville l'auraient cru. La différence la plus notable fut visible chez Oscar : il quitta son travail à la scierie et cessa de prendre part à quelque activité professionnelle que ce soit, à l'exception de la gestion des forêts. Il ne se lassait pas de l'odeur des pins en train de pousser, disait-il. Lorsqu'un golf de neuf trous ouvrit à Lake Pinchona, il se prit au jeu, allant jusqu'à se faire un dix-huit, un vingt-sept ou même un trente-six trous chaque après-midi. Bientôt, il perdit l'embonpoint qu'il avait pris au cours des dernières années. Il faisait aussi la grasse matinée et, après son rasage quotidien chez le barbier, s'attardait parfois dans l'arrière-boutique dans l'espoir de réunir suffisamment de joueurs pour une partie de dominos. Miriam ne fit même pas semblant qu'il soit nécessaire à la bonne marche de la scierie. Lorsqu'elle avait besoin d'un conseil ou d'un avis, elle le lui demandait. Mais la plupart du temps, elle lui assurait avoir la situation en main et qu'il était libre de vaquer à ses occupations.

Oscar entendit parler d'un beau terrain de golf à Tallahassee et demanda à Bray de l'y conduire un matin. Après s'être trouvé des partenaires au club, il joua tout l'après-midi. La semaine suivante, accompagné cette fois de Malcolm, il y resta trois jours consécutifs, jouant du matin au soir. Avec le temps, Oscar se rendit sur d'autres parcours, dont certains étaient encore plus loin que Tallahassee. Bray lui servait invariablement de chauffeur, et sur la banquette arrière il y avait toujours le matelas en plumes qui lui avait tant fait défaut quand il avait été forcé de passer la nuit à Gavin Pond. Oscar était riche et avait ses petites habitudes. Il adorait voyager et ne se séparait jamais de son matelas.

Elinor refusait de l'accompagner. Elle n'aimait pas s'éloigner de Perdido, disait-elle. Elle ne supportait pas de laisser Frances et Lilah seules.

Elinor et Frances étaient constamment ensemble – excepté quand cette dernière partait nager dans la rivière.

La richesse ne changea rien à la mauvaise humeur de Sister. Elle demeurait clouée au lit. Alors qu'à l'origine son alitement n'avait été qu'une excuse pour échapper à Early, c'était désormais lui qui servait à justifier qu'elle reste alitée. Peu importait que, pour commencer, elle ait monté de toutes pièces un handicap afin de se soustraire à son mari ; ses jambes s'étaient affaiblies. À présent, il lui était *véritablement* impossible de marcher. Aussi considérait-elle la solitude de son époux, dans cette maison à Mobile au jardin rempli de lys, avec un profond dédain.

Ce fut à cette époque que, faute de trouver une meilleure façon de s'occuper, elle se disputa avec Ivey. Elle accusa la domestique d'être la cause de son infirmité en lui ayant fait boire le contenu de la fiole bleue la nuit où Early était venu la chercher.

« Vous savez ce qu'y avait dans c'te bouteille, répliqua Ivey. Vous savez que ça vous a rendue aveugle. C'est tout. Comme vous pouviez rien voir, vous êtes tombée dans l'escalier. Le lendemain, vot' vue était revenue. Alors me dites pas que je suis responsable pour vos jambes ! »

Mais Sister n'en démordit pas, si bien qu'Ivey refusa dorénavant d'aller à l'étage. Plus que jamais, la présence de Queenie fut requise.

À soixante ans, cette dernière restait pleine de vie et fière de sa famille. Elle ne cessait de s'émerveiller de sa bonne fortune. Il n'y a pas si longtemps, lui semblait-il, elle avait perdu ses trois enfants, que ce fût à cause de l'éloignement, d'un désastre ou d'une déception. Danjo restait certes fermement arrimé à son château en Allemagne. Mais Malcolm avait repris sa place autour de la table. Et voilà qu'elle-même possédait désormais plus d'argent qu'elle n'aurait pu en rêver, elle était enfin capable d'offrir à Malcolm et Lucille des autos, des habits neufs, de grands ou petits voyages – n'importe quoi, en vérité, qu'ils désirent ou qui les rende heureux. Exista-t-il jamais de vieille femme plus heureuse que Queenie Strickland ?

Malcolm était l'homme à tout faire des Caskey, chargé de toutes sortes de tâches, qu'il accomplissait avec une facilité toujours plus grande. Il était évident pour tout le monde qu'il était amoureux de Miriam. Un jour, alors qu'il se trouvait dans son bureau à la scierie, il avait levé la tête d'une colonne de chiffres qu'il additionnait pour elle, et avait dit :

« Miriam, tu veux te marier ?

— Avec qui ? avait-elle demandé, *sans* lever la tête.

— Avec moi.

— Pourquoi voudrais-tu m'épouser ?

— Je ne sais pas. Pourquoi pas.

— Non. Si on se mariait, où est-ce qu'on vivrait ? On ne peut pas aller chez Queenie. Elle me tape sur les nerfs. Depuis toujours. Et tu ne pourrais pas habiter avec moi, parce que tu tapes sur les nerfs de Sister. Elle ne m'autoriserait même pas à te laisser entrer dans la maison. Voilà pourquoi on ne peut pas se marier. »

Cet étrange refus parut d'une logique implacable à Malcolm, aussi n'aborda-t-il plus jamais la question. Il attendrait que soit Queenie soit Sister meure.

Roxie, restée au service de Queenie après le décès de James, mourut à son tour. Sa fille de cinquante ans, Reta, qui se souvenait avoir aidé Mademoiselle Elinor à récurer le sol de James après la crue de 1919, vint prêter main-forte à Queenie. À la ferme de Gavin Pond, Sammy Sapp eut un petit frère et une petite sœur capables de ramasser des noix de pécan et de les ensacher avant même d'apprendre à marcher correctement. En 1950, Ivey et Zaddie se disputèrent – personne ne sut jamais à quel propos –, et en 1954, bien qu'elles continuent à travailler chaque jour ensemble dans la cuisine d'Elinor, elles ne se parlaient toujours pas. La vue de Bray baissa au point que son poste de chauffeur fut repris par un homme plus jeune, le mari de l'une des filles Sapp.

Grace et Lucille s'entendaient toujours à merveille à la ferme de Gavin, où Tommy Lee passait ses journées en compagnie de Sammy, le fils de Luvadia. Grace assit Tommy Lee pour la première fois sur un tracteur à l'âge de quatre ans, et lui montra comment tourner le volant. Comme ses pieds n'atteignaient pas les pédales, elle posa une grosse pierre sur l'accélérateur et lui donna la permission de labourer un champ récemment défriché. Avec l'argent du pétrole, Grace acheta deux taureaux parmi les meilleurs du pays dont elle vendit les saillies. Elle fit construire deux granges, une étable et un silo à grains. Elle doubla également la surface de la maison grâce à l'addition d'une salle à manger, de trois chambres, de deux salles de bains et d'une salle de jeux pour Tommy Lee. Elle acheta des chevaux pour elle-même et Lucille, et un poney pour le petit. Enfin, elle fit creuser une mare à poissons-chats et recouvrir de graviers le sentier qui menait à la route principale pour Babylon. Les deux femmes se mirent à recevoir du monde, et désormais ce fut à la ferme plutôt que chez Elinor que la famille célébra Thanksgiving. Elles organisèrent une grosse fête pour le Nouvel An, à laquelle elles invitèrent toutes leurs connaissances de Perdido, de Babylon et de Pensacola. Grace acquit également une péniche, qu'elle garda amarrée sur la berge de la Perdido à Pensacola et sur laquelle elles se rendaient lorsqu'elles voulaient être seules. Mais la principale préoccupation de Grace restait l'achat de terres, et elle harcela sans répit les propriétaires de terrains jouxtant la ferme. Dotée d'une fortune que le pétrole ne cessait d'accroître, ses offres montèrent jusqu'à devenir irrésistibles, si bien que les limites de Gavin Pond s'étendaient chaque année. En 1955, elle détenait la propriété privée la plus vaste de toute la Panhandle de Floride.

Ce qui était bon pour les Caskey l'était aussi pour la région tout entière. Les compagnies pétrolières se mirent à voir d'un nouvel œil les zones situées sur les deux rives de la Perdido. D'autres puits furent creusés, certains sur le domaine des Caskey. Plus de la moitié donna du pétrole ; la région s'enrichit.

Avec la prospérité des scieries Caskey et de l'industrie pétrolifère, la population de Perdido doubla jusqu'à atteindre plus de cinq mille âmes. Les Caskey achetèrent le verger de pacaniers et le pâturage en face de chez eux afin que personne ne puisse s'y installer. La ville s'étendit au sud le long des rives de la Perdido, et vers l'ouest dans la forêt de pins. La famille céda quelques hectares de leurs terres à la limite de la ville pour permettre d'y construire. Dans le centre, de nouveaux magasins ouvrirent, dont la qualité rivalisait avec ceux de Pensacola et Mobile. À présent qu'ils avaient plus d'argent en poche, les citoyens de Perdido commencèrent à mieux s'habiller. Des groupes s'organisaient pour passer des soirées à Mobile. À l'automne, des autorails loués spécialement pour l'occasion emmenaient les fêtards assister au match Auburn contre Alabama. Des villas de luxe envahirent les côtes de Destin et de Gulf Shores. Le complexe de Lake Pinchona devint le *Perdido Country Club*. Grâce au prêt avantageux que lui fit Oscar, le country club ajouta un neuf trous à son golf.

Des enfants parurent envahir la ville. Des fonds alloués par les Caskey permirent d'agrandir l'école élémentaire. Une piscine municipale fut bâtie à côté du lycée, si bien que personne ne fut plus jamais tenté de nager dans la Perdido ou la Blackwater. On envisagea même de rénover la digue, sur laquelle apparaissaient par endroits des fissures et des traces d'érosion, même si personne ne put se souvenir de la dernière fois que l'eau était montée suffisamment haut pour constituer une menace. Derrière leurs murs d'argile, les rivières étaient restées placides ces dernières années, si bien que ces travaux de rénovation semblèrent une perte d'argent quand on songeait que l'horloge de l'hôtel de ville retardait en permanence et que tant de rues de Baptist Bottom n'étaient pas encore pavées.

Pour avoir été celle par qui la prospérité était arrivée, Miriam était adulée à Perdido. À Babylon et dans d'autres villes du comté d'Escambia, en

Floride, c'était Grace. Chaque fois qu'elle allait acheter des semences à Babylon, elle était prise d'assaut. Les hommes la remerciaient pour ce qu'elle avait fait ; ils lui demandaient le contact des personnes les plus haut placées à la Texas National Oil, ou lui proposaient de racheter leurs terres pour des sommes qui lui paraissaient exorbitantes. Elle aimait bien ces gens et leur souhaitait toujours le meilleur. Sa bonne fortune la rendait altruiste.

Un jour, Grace croisa dans le magasin un agriculteur qu'elle connaissait de longue date, un fervent pratiquant. Sa femme était morte d'une pneumonie deux ans plus tôt et il avait toujours manqué de chance. Il lui confia : « M'dame Caskey, vous savez où on vit, mon fils et moi, on possède environ quatre-vingts hectares entre Cantonement et Muscogee. On cultive un peu de soja, un peu de maïs. On se fait quelques sous quand il daigne pleuvoir, autrement on en perd. Eh bien, un jour que lui et moi, on était au champ, on a vu toutes ces machines de l'autre côté de la clôture – c'était pas notre propriété –, alors on a bavardé avec les hommes qui se trouvaient là, et on a découvert qu'ils cherchaient du pétrole. Et même qu'ils en trouvaient ! Alors on a abattu notre clôture et on leur a dit de venir chez nous ! C'est ce qu'ils ont fait, et ils ont trouvé du pétrole. Moi, j'ai pas été surpris. Hier, un type vient voir mon fils et lui demande si le soja, ça allait cette année. Et lui, il répond : “Au diable le soja ! Maintenant y a des machines sur nos terres, donc on cultive plus rien parce que les racines pourraient les gêner.” De toute façon, le soja ça a jamais rapporté grand-chose. Maintenant, on cultive du pétrole. Question argent, y a pas photo. On a même pas besoin de faire tourner les machines. Tout ce qu'on doit faire, c'est encaisser les chèques. On s'est acheté deux pick-up. On est allé les choisir à Atmore, et comme on hésitait, on en a pris deux pareils. Ce fichu pétrole coule à flots comme un puits artésien… »

Les Caskey possédaient l'équivalent de mille fois la parcelle de terre gorgée de pétrole de cet homme.

HÉRITAGES

L'éloignement progressif de Frances et Billy Bronze n'était un secret pour personne en ville. Certaines mauvaises langues affirmaient même qu'il entretenait une liaison avec sa belle-sœur Miriam. Ceux qui connaissaient mieux les Caskey réfutaient ce commérage pour trois raisons. D'abord, Billy ne ferait jamais une chose pareille. Il était moralement irréprochable, très pratiquant et surtout dévoué corps et âme aux Caskey – jamais il ne s'empêtrerait dans une situation qui pourrait nuire aux intérêts de la famille. Le deuxième argument était que Miriam ne ferait jamais ça. Miriam Caskey, c'était connu, n'avait d'autre intérêt que gagner de l'argent, acheter des bijoux et parler avec franchise sans jamais réfléchir aux conséquences de ses paroles. De ce que l'on en savait, elle ne s'intéressait pas aux hommes. Ces voyages d'affaires étaient uniquement pour les affaires, et d'ailleurs, Malcolm Strickland ne les accompagnait-il pas tout le temps ? Le troisième argument pouvait se résumer au simple fait qu'Elinor ne le permettrait jamais. Tout le monde savait combien elle aimait Frances, avec quelle dévotion elle avait veillé sur celle-ci dans son enfance lors de ses longues et terribles crises, et comme elle en avait gardé un féroce sentiment de protection pour sa fille. Si Elinor avait pensé qu'il ait pu y avoir quoi que ce soit entre Billy et Miriam, elle y aurait aussitôt mis un terme.

Frances avait cessé de nier les sentiments nouveaux qui l'habitaient. Elle était entièrement dévouée à "son autre fille", Nerita. Elle ne vivait que pour ces heures qu'elles passaient ensemble dans l'eau. Et cette prise de conscience ne fit qu'accroître ses sentiments. Même très occupé qu'il était par ses parties de golf et ses voyages, Oscar avait noté l'isolement de sa fille. Frances s'était retirée dans son monde à elle ; elle s'était éloignée non seulement de Billy, mais de tous. « Parle-lui, Elinor, demanda-t-il à sa femme. Un jour où je ne suis pas là, il faut que tu aies une discussion avec elle. »

Oscar s'en allait chaque semaine ou presque, sillonnant inlassablement les parcours de golf de la région, avec une préférence pour les plus éloignés, environnés de paysages différents de ceux de l'Alabama. Billy aussi s'absentait souvent pour les affaires. Lorsque les femmes se retrouvaient entre elles, elles menaient une vie paisible, encadrée et formelle. Elinor insistait désormais pour que la famille s'habille pour le déjeuner. Selon elle, leur immense fortune et la richesse croissante de la région le requéraient. Même Oscar, que cela ennuyait, enfilait une veste de costume et une cravate avant de s'asseoir à table. Elinor portait invariablement ses perles noires.

À la fin du mois de mai 1956, Oscar se trouvait à Raleigh, en Caroline du Nord, où il profitait d'une visite à des amis pour explorer les trois magnifiques parcours de golf de la région. Miriam, Billy et Malcolm étaient à la Nouvelle-Orléans. Queenie avait accompagné Grace et Lucille à une vente aux enchères de bétail en Géorgie. Sister prenait ses repas seule. Elinor, Frances et Lilah dînaient en tenue d'apparat dans la salle à manger, servies par Zaddie dans son uniforme noir amidonné.

Lilah, neuf ans désormais, discutait avec sa grand-mère, lui parlait de la fête censée être organisée au country club pour la fin de l'année scolaire et de ce qu'elle souhaitait faire pendant l'été. Sur la chaise voisine, Frances mangeait en silence, sans ignorer complètement sa fille, mais sans non plus lui prêter attention. Après le dessert, Elinor dit à Lilah : « Ma chérie, tu veux bien monter dans ta chambre un moment ? Ta mère et moi avons besoin de parler. »

La fillette accepta, à condition que sa grand-mère l'autorise à utiliser sa coiffeuse et à essayer ses bijoux.

« Maman ? », demanda-t-elle ensuite en se tournant vers Frances.

Celle-ci releva soudain les yeux.

« Qu'est-ce qu'il y a, chérie ?

— Maman, répéta-t-elle lentement, comme si elle s'adressait à un enfant attardé, est-ce que je peux sortir de table ?

— Oui, bien sûr », répondit Frances d'un air absent.

Une fois que Lilah eut quitté la pièce, Elinor appela Zaddie.

« Apporte-nous un peu plus de café, Zaddie, ensuite tu pourras fermer la porte. Merci. »

La domestique s'exécuta.

Elinor se tenait droite et silencieuse en bout de table, tripotant ses perles qui brillaient faiblement à la lueur des bougies. Frances aussi était assise sans rien dire, la tête légèrement tournée de côté, le regard perdu au-delà des voilages, dans les ténèbres de la forêt de pins au bout de la propriété. Au cours de la dernière heure, le vent s'était levé, saturé d'humidité, annonciateur d'une lourde averse. Il agitait les rideaux, faisait trembler la flamme des bougies.

« Maman ? De quoi voulais-tu me parler ? demanda Frances sans manifester beaucoup d'intérêt.

— Tu es malheureuse, répondit simplement Elinor. Ça me fait mal de te voir dans cet état. Ça me fait vraiment mal. »

Frances jouait avec sa cuillère, la faisant tourner lentement dans son café qu'elle n'avait pas porté à ses lèvres et froid à présent.

« Oui, dit-elle enfin. Je crois que je suis malheureuse.

— Pourquoi ?

— Parce que je ne sais pas qui je suis, répondit-elle rapidement avant de lancer un regard surpris à sa mère.

— Comment ça, tu ne sais pas qui tu es ?

— J'ai l'impression de m'éloigner.

— De Billy ?

— De tout, répondit solennellement Frances. De Billy, de Lilah, de papa… De cette maison, de Perdido, de l'argent, des vêtements… Je m'éloigne de tout.

— Même de moi ? »

Frances sourit, tendit la main et prit celle de sa mère sur la nappe en lin ajourée.

« Non, chuchota-t-elle. Pas de toi. Mais le reste est… je ne sais pas comment le dire… *vague*. Comme si je perdais peu à peu la vue. Tout est flou, pâle. Même les sons autour de moi semblent… étouffés. Voilà pourquoi il faut tout me répéter deux fois. Au départ, j'ai cru qu'il fallait que j'aille consulter un médecin… »

Elinor balaya cette remarque de la main.

« Je sais, reprit Frances. D'ailleurs, *tout* n'est pas vague. Toi, par exemple, tu ne l'es pas. Je te vois, je t'entends – sauf quand tu parles à Billy, papa, Lilah, ou n'importe qui. Tu es comme tu as toujours été.

— À quoi penses-tu que ce soit dû ?

— Je sais ce qui se passe, répliqua Frances. Et toi aussi, tu le sais. »

Elinor acquiesça de la tête.

« Tu ne m'avais pas parlé de cet aspect-là, ajouta Frances.

— Je ne connaissais pas cet aspect-là. Je ne savais pas que ça arriverait. »

Frances eut un sourire triste.

« Et pourtant, ça arrive. Tout ça, fit-elle en désignant la pièce d'un geste, comme si elle cherchait à englober la totalité de sa vie, est en train de lentement s'effacer. Et tu sais ce qui est devenu réel ?

— Nerita ? »

Frances opina.

« Voilà ma vraie vie : le temps que je passe avec elle, dit Frances, les yeux levés au plafond. Lilah… ce n'est pas ma fille. Elle est à toi beaucoup plus qu'elle n'est à moi. Pauvre enfant, j'ai tellement de peine pour elle, parce que sa mère ne l'aime pas comme elle le devrait. Lilah n'est pas ma vraie fille. Ma véritable fille est là-bas, dans la Perdido. C'est pour *elle* que je m'inquiète. C'est à *elle* que je pense. Tu sais pourquoi je n'accompagne jamais Billy ? Ou que je ne vais jamais avec papa ? Parce que je ne supporterais pas d'être éloignée de mon bébé ne serait-ce qu'une journée. Maman, je vis uniquement pour cette heure que je passe dans l'eau chaque après-midi.

— Je sais.

— Et tu sais ce que j'ai découvert ?

— Quoi ? demanda Elinor avec appréhension.

— Que même une heure par jour c'est trop. Que c'est de plus en plus dur de redevenir Frances. Parfois, je dois rester assise au bord de la rivière et me cacher sous une couverture. Un jour, Zaddie est venue à ma recherche, mais je ne pouvais pas me lever parce qu'elle aurait pu voir. Bientôt, maman, je ne serai plus capable d'aller dans l'eau même pour cinq minutes sans que la transformation ne dure encore et encore.

— C'est pour ça que tu es malheureuse. »

Frances hocha la tête.

« Imagine que je doive cesser de voir Nerita ? Ça me tuerait. Oh, maman, est-ce que tu sais à quel point on est heureuses là-dessous ? »

Elinor acquiesça en souriant et repoussa sa tasse de café.

« Je t'ai vue. Tu es aussi heureuse avec Nerita que je l'étais avec toi. Ma chérie, je t'aime tellement ! Si tu savais… Ça me déchire littéralement de te voir dans cet état.

— Alors dis-moi quoi faire, maman.

— Malheureusement, je n'en sais rien.

— Dans ce cas, dis-moi ce qui va se passer. »

Il y eut un brusque coup de tonnerre. Un instant plus tard, la pluie se mit à tomber. Son odeur emplit la pièce et les bougies vacillèrent sous la moiteur.

L'averse était telle qu'Elinor dut élever la voix pour se faire entendre.

« J'ignore ce qui va se passer. »

La pluie tomba sans discontinuer toute la soirée. Elinor et Frances finirent par monter à l'étage. Elles allèrent jeter un œil à Lilah, assise à la coiffeuse avec satisfaction en train de clipser des boucles en diamant à ses oreilles.

« Tu aurais dû être la fille de Miriam, rit Frances, pas la mienne. Un jour, tu lui demanderas de te montrer l'un de ses coffres.

— Je lui ai déjà demandé, répondit la fillette, fermant d'une main experte un collier en or derrière sa nuque. Vous êtes encore en train de parler ?

— Oui, mademoiselle. Ça t'embête ? lui demanda Elinor.

— Il faut que je sorte ?

— Non. On va aller dans la chambre de ta mère. »

Frances s'assit à sa coiffeuse, et Elinor se mit à lui brosser les cheveux. La pluie entrait par la fenêtre ouverte, détrempant les rideaux et gouttant sur le tapis.

« Tu veux que je ferme ? », demanda Elinor.

Frances haussa les épaules sans répondre. Elle semblait perdue dans ses pensées tandis que sa tête oscillait d'un côté et de l'autre sous les mouvements secs d'Elinor.

Enfin, elle leva les yeux sur le reflet de sa mère.

« Maman, dit-elle doucement, et si j'y retournais ?

— Y retourner ? », répéta Elinor. La main qui tenait la brosse trembla et retomba à ses côtés.

« Si j'y retournais pour toujours ? poursuivit sa fille.

— Ça ne serait pas vraiment y *retourner*, dit prudemment Elinor. Dans la mesure où tu n'as jamais vraiment vécu là-bas.

— Oui, mais je pourrais le faire, non ? »

Elinor ne répondit pas directement à la question.

« Et Billy ? »

Frances sourit.

« Tu le mettrais à la porte ?

— Bien sûr que non. On l'aime tous.

— Alors il n'y a pas de problème. Billy ne voulait pas m'épouser *moi*, mais plutôt notre famille. Si tu l'autorises à rester, il sera heureux. Peut-être que Miriam pourrait se marier avec lui, médita-t-elle.

— Et Oscar ? Et Lilah ? poursuivit Elinor qui s'était rendue à la fenêtre avant d'en abaisser le battant pour la fermer.

— Ça va être dur pour papa, concéda Frances. Mais pas pour Lilah. Je vais lui laisser mes bijoux », dit-elle en ouvrant un coffret pour y plonger les doigts. Elle retira lentement sa main. Un bracelet et une boucle d'oreille glissèrent au sol, mais elle ne sembla pas le remarquer.

« Et moi, alors ? dit enfin Elinor.

— Maman, rit Frances, toi, tu peux venir quand tu veux. »

Elinor jeta un regard autour de la pièce.

« Personne ne va te manquer ? Tu ne regretteras rien de ce que tu as toujours eu ? Imagine que tu n'aimes pas ce qu'il y a là-dessous, que tu n'aimes pas vivre dans la Perdido à longueur de temps ?

— Maman, répondit Frances en suivant le regard de sa mère qui errait dans la pièce, ça fait trente-cinq ans que je dors dans cette chambre, mais je ne m'y sens pas chez moi. Alors que dans la rivière, si. »

Elinor s'assit sur le lit.

« Quand comptes-tu partir ? »

Frances regarda par la fenêtre. Un éclair tomba non loin, illuminant la cime des chênes d'eau dans la cour de sable.

« Ce soir ? Oui, pourquoi pas ce soir ? demanda-t-elle en se levant de la coiffeuse. Maman, dégrafe ma robe, aide-moi à me déshabiller, dit-elle visiblement excitée.

— Tu ne peux pas...

— C'est le moment idéal. J'attendrai juste que Lilah soit couchée.

— Qu'est-ce que je vais dire à Billy, qu'est-ce...

— Dis-leur que je me suis noyée, fit-elle avec un haussement d'épaules. Tout le monde à Perdido s'attend à ce que ça arrive depuis des années. »

Elle marcha jusqu'à la fenêtre et l'ouvrit. Elle sortit la tête dans la nuit orageuse. Un éclair jaillit, suivi d'un coup de tonnerre qui fit trembler la maison. Elle recula. Ses cheveux étaient trempés, la pluie coulait sur son visage.

« L'éclair a frappé la digue ! rit-elle. Je l'ai vu ! »

Elle ôta ses boucles d'oreilles et les jeta sur la coiffeuse.

« Tout ça va à Lilah. Elle sera heureuse. Moi, je ne les ai jamais aimés. Grace fait à peu près ma taille. Qu'elle prenne ce qu'elle veut dans la penderie. Tout le reste, je le donne à l'église de Baptist Bottom. »

Frances souriait en léguant ses biens ; ses yeux étincelaient.

Lilah ouvrit la porte de la chambre.

« Ça tombe fort, dit-elle. J'ai fermé toutes les fenêtres de ma chambre. »

Elle lança un regard désapprobateur à la fenêtre ouverte et à la flaque d'eau qui s'était formée à l'extrémité du tapis.

« Maman, dit-elle d'un ton sévère, tu n'as pas remarqué ? »

Frances se contenta de rire. Elle s'affaissa sur la banquette de la coiffeuse et demanda à sa fille de la rejoindre. Lilah s'approcha.

Frances l'attrapa et la serra dans ses bras. Elle riait encore.

« Maman ! », protesta l'enfant, peu habituée aux démonstrations d'affection de sa mère.

Lugubre et silencieuse, Elinor restait assise sur le lit, les yeux rivés sur Frances. Lilah nota l'expression de sa grand-mère.

« Maman, est-ce que ça va ? », demanda prudemment la fillette, se libérant de l'étreinte de sa mère.

Celle-ci sourit, puis elle saisit les boucles d'oreilles sur sa coiffeuse et les clipsa aux oreilles de sa fille.

« Aïe ! fit cette dernière.

— Elles sont à toi ! »

Lilah eut un hoquet de surprise. Se tournant, elle regarda sa grand-mère avec sur le visage une expression qui demandait si elle pouvait les garder. Elinor acquiesça.

Frances éclata une nouvelle fois de rire, ramassa le coffret à bijoux et essaya de le fourrer dans les mains de sa fille.

« Ceux-là aussi, tu les veux ? »

Lilah fit un pas en arrière.

Frances haussa les épaules, rit, puis se leva en agitant les bras devant elle.

« Et maintenant, va te coucher ! Allez, au lit, il est tard ! »

Muette de stupeur, les mains couvrant les boucles

d'émeraudes sur ses oreilles, Lilah sortit à reculons de la pièce. Puis elle fila en courant jusqu'à sa chambre, dont elle claqua la porte.

L'orage parut se calmer, avant de s'abattre avec encore plus de force. La ville se claquemura, tirant les rideaux, montant le volume de la télévision. Foudroyé, un jeune chêne sur la digue de Baptist Bottom s'embrasa, les flammes persistant quelques secondes avant que la pluie torrentielle ne vienne l'éteindre telle une allumette en feu plongée dans une bassine d'eau.

À vingt-trois heures, les habitants regardèrent sidérés par les fenêtres l'orage qui refusait de s'arrêter. Creusées par la pluie qui cascadait des toits, de petites tranchées se formèrent dans la terre autour des fondations. Les égouts se mirent à déborder. Parmi les citoyens, un malaise grandit : en trente ans, personne ne s'était donné la peine de lever des fonds pour rénover les digues. Il ne faisait aucun doute que les rivières allaient monter.

Les enfants tremblaient dans leurs lits, en attente du prochain coup de tonnerre, tandis que leurs parents, épuisés et munis de lampes torches, guettaient les infiltrations, sous lesquelles ils disposaient seaux et casseroles.

Chez Elinor, tout était calme. Lilah s'était endormie. Zaddie était couchée, elle lisait des vieux numéros du *Coronet* et écoutait la pluie crépiter contre le toit incliné de la tonnelle.

Au plus fort de l'orage, alors que des éclairs zébraient le ciel nocturne, que le tonnerre grondait pendant ce qui semblait des minutes entières et que la pluie formait un épais rideau, deux silhouettes apparurent sous le porche à l'avant de la demeure Caskey à la limite de la ville. Personne ne les vit.

Frances était enveloppée d'un peignoir ample et sombre. Sa mère portait un long imperméable noir. Toutes les deux étaient pieds nus.

Frances dévisagea sa mère un moment. Puis elle se pencha en avant et se jeta dans ses bras. Frances serra très fort sa mère, et Elinor serra très fort sa fille.

Frances traversa le voile de pluie noire qui se déversait en cascade du toit de la maison.

Au bas des marches, elle fit une pause et regarda en arrière.

À son tour, Elinor traversa d'un pas ferme le rideau de pluie, descendit les marches et prit la main de sa fille.

Ensemble, elles contournèrent la maison et plongèrent sous le couvert des chênes d'eau. Aucune n'eut un regard pour la fenêtre éclairée de Sister dans la maison voisine. Elles marchèrent lentement jusqu'à la digue, certaines que l'obscurité et la pluie les masqueraient à la vue de quiconque. Elles gravirent l'escalier de béton situé au niveau de la maison de Queenie. Une fois au sommet du talus d'argile rouge, elles restèrent un moment à contempler les tumultueuses eaux noires de la Perdido, cet immense ruban de sombres turbulences.

Frances prit une nouvelle fois sa mère dans ses bras. Lorsqu'elle s'écarta, Elinor ôta le peignoir des épaules de sa fille et le laissa tomber dans la boue rouge. Frances était nue.

Sans rien dire, elle regarda sa mère une dernière fois. Sans la toucher, elle fit un pas de côté, sur la pente qui descendait vers la rivière, et se laissa glisser le long des ronciers de mûres, des jeunes pousses et des massifs de kudzu jusqu'à atteindre la berge.

Elinor scrutait le bas de la digue. Un éclair colossal illumina le ciel tout entier, et elle vit sa fille pénétrer dans l'eau. Avant qu'elle ne disparaisse, Frances leva brièvement la main en guise d'adieu.

Elinor resta une demi-heure au sommet de la digue. L'orage s'était déplacé vers le nord, mais il pleuvait toujours à verse. L'obscurité régnait. Finalement, elle descendit avec lenteur les marches de béton et traversa la cour. Après avoir lavé ses pieds sous la pluie ruisselant du toit, elle rentra et réveilla Zaddie pour lui annoncer que Frances s'était noyée dans les eaux noires de la Perdido.

Dans l'épique saga de la famille Caskey,
les rivières suivent leur cours...

BLACKWATER VI

PLUIE

Table

« J'AIME ÊTRE UN AUTEUR
COMMERCIAL. MAIS JE SUIS AUSSI UN
ARTISAN. JE SUIS TRÈS IMPLIQUÉ DANS CETTE
NOTION D'ARTISANAT, DANS LE FAIT D'AMÉLIORER
MON ÉCRITURE, DE LA RENDRE CLAIRE, CONCISE
ET DE DIRE EXACTEMENT CE QUE JE VEUX DIRE,
EXACTEMENT CE QUE JE PENSE, D'AMÉLIORER
MON STYLE ET DE FAIRE DE MON
MIEUX. »

MICHAEL MCDOWELL

LA FORTUNE EST LE CINQUIÈME VOLUME DE LA SÉRIE BLACKWATER. IL A ÉTÉ ACHEVÉ D'IMPRIMER LE 24 JUIN 2022 ET PORTE LE NUMÉRO 170634. IL MESURE 108 SUR 165 MILLIMÈTRES, COMPTE 260 PAGES ET RENFERME UN PEU TROP D'OPULENCE POUR QUE TOUT CECI SE TERMINE BIEN.

LES COUVERTURES DES SIX VOLUMES DE L'ÉPIQUE SAGA DE LA FAMILLE CASKEY ONT ÉTÉ DESSINÉES PAR PEDRO OYARBIDE, SOUS LA DIRECTION DE MONSIEUR TOUSSAINT LOUVERTURE, DANS L'IDÉE DE LEUR DONNER UN ASPECT QUI, TOUT EN S'INSCRIVANT DANS LE TEMPS, PARVIENDRAIT À LUI ÉCHAPPER. CHACUNE DE CES COUVERTURES A ÉTÉ PATIEMMENT MANUFACTURÉE PAR PRINT SYSTEM À BÈGLES, EN GIRONDE, SOUS L'ÉGIDE DE MÉLANIE FRANCA ET DE JEAN-PIERRE CHAMPMONT.

CE TRAVAIL COLLECTIF, ARTISANAL ET UN PEU FANTASMATIQUE A ÉTÉ EFFECTUÉ SUR UN PAPIER POP'SET GALET DE 240 G.

LES COUVERTURES ONT D'ABORD ÉTÉ PASSÉES SOUS LES ENCRES D'UNE PRESSE OFFSET AVANT D'ÊTRE DORÉES À CHAUD À DEUX REPRISES (D'UN COLORIT NOIR PIGMENTÉ SUIVI D'UNE DORURE CHAMPAGNE), PUIS ENFIN EMBOSSÉES. TOUT CECI POUR QUE LEURS FORMES ET LEURS OMBRES CAPTENT LA LUMIÈRE ET MARQUENT LES ESPRITS.

L'IMPRESSION DES BLOCS INTÉRIEURS ET LA RELIURE ONT ÉTÉ ASSURÉES PAR L'IMPRIMERIE CPI FIRMIN-DIDOT À MESNIL-SUR-L'ESTRÉE, DANS L'EURE. LA POLICE UTILISÉE EST DU SABON CRÉÉE PAR JAN TSCHICHOLD.

CE PROJET ÉDITORIAL A ÉTÉ RÊVÉ ET RÉALISÉ PAR MONSIEUR TOUSSAINT LOUVERTURE, ÉPAULÉ DE SON DIFFUSEUR & DISTRIBUTEUR HARMONIA MUNDI LIVRE, DE NADIA AHMANE, DU BUREAU VIRGINIE MIGEOTTE ET DE SYLVIE CHABROUX.